*L'éducation d'une fée*

*Du même auteur*

*Romans*

VINGT ANS ET DES POUSSIÈRES
Le Seuil, 1982, prix Del Duca
POISSON D'AMOUR
Le Seuil, 1984, prix Roger-Nimier
LES VACANCES DU FANTÔME
Le Seuil, 1986, prix Gutenberg du Livre 87
L'ORANGE AMÈRE
Le Seuil, 1988
UN OBJET EN SOUFFRANCE
Albin Michel, 1991
CHEYENNE
Albin Michel, 1993
UN ALLER SIMPLE
Albin Michel, 1994, prix Goncourt
LA VIE INTERDITE
Albin Michel, 1997
Grand Prix des lecteurs du Livre de Poche, 1999
CORPS ÉTRANGER
Albin Michel, 1998
LA DEMI-PENSIONNAIRE
Albin Michel, 1999

*Récit*

MADAME ET SES FLICS
Albin Michel, 1985
(en collaboration avec Richard Caron)

*Théâtre*

L'ASTRONOME, prix du Théâtre de l'Académie française. LE NÈGRE. NOCES DE SABLE. LE PASSE-MURAILLE, comédie musicale (d'après la nouvelle de Marcel Aymé), Molière 97 du meilleur spectacle musical. A paraître aux éditions Albin Michel.

*Didier van Cauwelaert*

# *L'éducation d'une fée*

ROMAN

LE GRAND LIVRE DU MOIS

22, rue Huyghens, 75014 Paris
ISBN 2-7028-5435-4

# 1

Je suis tombé amoureux de deux personnes en même temps, un vendredi matin, dans un bus d'Air France. Elle est blonde, en tailleur noir, les traits tirés, les yeux rougis, l'air à la fois concentré et absent, les doigts crispés sur la poignée de maintien au-dessus de sa tête. Il est tout petit, avec de grosses lunettes rondes à monture jaune, des cheveux noirs collés au gel qui se redressent en épis, et un chasseur bombardier Mig 29 de chez Mestro dans la main droite. De son autre main il s'accroche à la jupe de sa mère, qui descend de quelques millimètres à chaque secousse, découvrant peu à peu sa culotte bleu pâle. Inconsciente du spectacle qu'elle offre, le corps en extension ballotté par les cahots du bus, elle laisse aller son regard au-dessus des têtes d'hommes d'affaires qui suivent machinalement la progression du strip-tease entamé par son petit garçon.

Tout en elle m'attire et me bouleverse : son chignon qui se défait avec des langueurs d'algue, ses yeux bleus délavés, sa beauté ravagée par les larmes, son alliance au bout d'une chaîne entre des seins qui essaient de se faire oublier ; ce contraste émouvant entre la dignité qu'elle affiche et l'excitation qu'à son insu elle provoque. Et lui, à peine trois ou quatre ans, les lèvres gonflées et la gorge vibrant au bruit des réacteurs de son bombardier, il a cette allure reconnaissable entre mille du rêveur buté, du petit solitaire par défaut qui s'invente un monde clos où il voudrait bien que les autres le suivent.

– Hier, avec Papy, dit-il en atterrissant sur l'épaule d'une commerciale absorbée dans sa conversation portable, on est allés voir un bateau de guerre américain.

– Sauf si Asahi Glass nous cède son verre acrylique, réplique la femme en chassant le bombardier d'une chiquenaude.

– Ratatatata ! riposte le Mig 29 en redécollant, avec une gerbe de flammes en plastique sorties de ses mitrailleuses.

L'ennemie lui tourne le dos.

– Il était si grand que, même avec mon avion, j'aurais pu me poser dessus, insiste le petit garçon en prenant à témoin le comptable assis sur la banquette d'en face. Alors je descendrais, et le capitaine il me demanderait...

– Tu embêtes les gens, Raoul, lui dit sa mère avec une tristesse solidaire qui me noue la gorge.

Le comptable écarlate proteste avec un air de flagrant délit, détourne son regard du ventre nu qui oscille à la hauteur de son nez et replonge dans ses colonnes de chiffres.

– ... Le capitaine il me demanderait : « Ça va, Raoul, t'as bien fait la guerre ? »

– Ne dis pas ça, chéri. C'est dégoûtant, la guerre. On ne la fait jamais « bien ».

– Ça sert à quoi, alors ?

Elle cherche une réponse, désarmée, rencontre mon sourire. Je viens de passer trois jours en séminaire à Monte-Carlo, j'ai oublié d'ôter mon badge *« Hello ! my name is Nicolas Rockel (France) »* et je ressemble, costume-cravate-portable, à tous les cadres environnants. Sauf que j'ai l'air déguisé, mon visage de Viking échoué, mes cheveux sans coiffure et ma barbe de six jours démentant, je l'espère, l'accoutrement classique sous lequel je protège ma personnalité lorsque je dois convaincre les pisse-froid chargés de cibler, tester et rentabiliser le fruit de mes délires.

– Ça sert à quoi, alors, la guerre ? insiste Raoul.

– Vous me permettez de lui répondre ?

A peine surprise par mon intervention, elle esquisse un mouvement d'épaules qui traduit moins l'approbation que le renoncement. J'enchaîne, tandis que le bus s'arrête au pied de la passerelle :

– A rien, Raoul. Ça ne sert à rien, la guerre. C'est pour ça que les hommes la font. En partant se battre, ils ont l'impression d'échapper à tout ce qui les retient : leur travail, leur famille...

Elle me dévisage d'un air glacial, en détournant de moi l'enfant captivé par mes paroles, le pousse vers les portes du bus qui se sont ouvertes.

– C'est malin de lui dire ça, me glisse-t-elle entre ses dents. Son père vient de se crasher en Bosnie.

Je reste interdit, ravalant aussitôt la suite de ma phrase. J'allais apprendre à Raoul que son bombardier de chez Mestro, qui lance des flammes plastifiées dans un bruit de mitraillette quand on appuie sous le fuselage, c'est moi qui l'avais inventé.

Je connais peu d'expressions aussi fausses que « coup de foudre ». L'amour soudain ne foudroie pas ; il fait remonter à la surface. Comme les secousses sismiques, nées d'une faille sous-marine à laquelle on ne pense plus, provoquent parfois l'apparition d'une île. Entre dix-huit et trente ans, j'ai vécu trois passions ; un échec, une erreur et un drame. Depuis, je me promène : relations couvertes, amitiés amoureuses et complicités de week-end dans des villes inconnues. Quand une fille commence à rêver d'autre chose, je l'emmène déjeuner à la ferme et Louisette s'en occupe. Louisette est chez nous depuis trois générations, comme elle dit : elle m'a élevé pendant les voyages de ma mère, elle m'a appris l'amour à quinze ans et aujourd'hui, sous des allures de mammy débonnaire, elle veille jalousement sur ma tranquillité, dégommant sans merci les candidates au mariage en m'inventant des penchants pervers, des dettes considérables ou en leur apprenant gentiment, après le dessert, à conduire le tracteur pour leur montrer ce qui les attend. Cinq ou six fois, j'ai cru tomber sur la femme de ma vie, et l'invitation-piège était un test que j'espérais la voir réussir. Toujours, c'est Louisette qui gagnait ; je me remettais en veille et j'attendais, avec optimisme et vigilance, la désillusion suivante. En un mot j'étais heureux, parce qu'il ne me manquait rien. Du moins j'en donnais l'impression. Et j'avais fini par y croire.

Je dépasse les rangées Plein Ciel où se trouve ma place pour aller m'asseoir en économique, devant la grande blonde et son petit garçon. Feignant de découvrir mon numéro de siège, je me compose un visage de hasard qui fait bien les choses, mais elle a déplié un journal à mon approche : apparemment je n'existe plus. Ce n'est pas grave. J'ai tout mon temps.

– Le commandant Borg et son équipage, veloute l'hôtesse dans son micro, sont heureux de vous souhaiter la bienvenue à bord de ce McDonald's… de ce McDonnell Douglas, pardon, se reprend-elle en avalant un gloussement.

Je me tourne vers Raoul pour sourire du lapsus. Avec un air gourmand, il visse son index sur sa tempe et balance un coup de coude :

– Maman, elle a dit McDo !

– Tiens-toi tranquille, Raoul, répond-elle en tournant la page de son journal.

Il lève vers moi un regard déçu. Je compatis avec un soupir fataliste : les grandes personnes ne prennent pas toujours la mesure des événements. La confusion de l'hôtesse et le fou rire qui la secoue en silence, tandis qu'elle arpente l'allée en tirant sur le cordon de son gilet de sauvetage, n'auront eu que deux témoins : Raoul et moi. Les autres, priés de couper leur téléphone en vue du décollage, vocifèrent avec une urgence accrue, comme lorsqu'on tire sur une cigarette avant de l'éteindre.

J'essaie d'imaginer, derrière la gaieté volubile du petit orphelin, le drame qu'il a vécu : l'annonce de la nouvelle, le costume noir, les baisers mouillés au cimetière et, dans quelque temps, la fierté d'écrire sur ses cahiers d'écolier, à la rubrique Profession du père : « Décédé ». Quels liens Raoul a-t-il eu le temps de nouer avec ce papa éphémère ? Comme j'ai cessé de sourire, il effectue un looping pour m'ajuster dans son angle de tir, et appuie sur le bouton rouge. Ratatatata ! Je presse ma main sur le point d'impact, j'étouffe un cri, je grimace, je tente de me relever, et je rends mon dernier soupir. La blonde abaisse son journal.

– Je l'ai eu, précise Raoul.

– Attache ta ceinture, répond-elle.

Je refuse d'un geste poli la pochette rafraîchissante que me tend un steward avec consternation, puis je reprends le fil de mon trépas en imaginant cet enfant à ma place dans l'ancien grenier à foin, explorant les malles, découvrant les jouets que fabriquait mon arrière-grand-père avant que je ne reprenne, à ma manière, la vocation familiale qui avait sauté deux générations. A l'étage au-dessous, dans la chambre jaune qui est encore vierge, je déshabille sa mère et j'apprivoise son corps sans retirer l'alliance qui danse au bout de la chaîne entre ses seins. Et je sais très bien, à l'instant où j'assemble ces images, qu'elles relèvent moins du fantasme que de la vision prémonitoire.

Je débarque parmi les premiers dans le hall de l'aéroport d'Orly, où règne une agitation d'exode. Les taxis sont en grève et le moindre passager s'approchant des caisses de parking est immédiatement pris d'assaut par une meute implorante. J'ôte mon badge de séminariste Walt Disney, le glisse dans ma poche en détaillant la dizaine de porteurs de pancartes qui attendent des groupes ou des personnalités. Je choisis un moustachu stylé qui dévisage les arrivants avec beaucoup d'incertitude, et oblique dans sa direction, les yeux rivés sur le nom qu'il brandit : « M. Caldotta ». Il s'anime à mon approche, boutonne son blazer pied-de-poule, serre avec respect la main conviviale que je lui tends, et me demande si j'ai des bagages. J'acquiesce, mais le prie d'aller m'attendre dans sa voiture, craignant que le vrai M. Caldotta ne se pointe entre-temps. Il s'incline et m'informe qu'il s'agit d'une Mercedes limousine Classe S bleu nuit. J'abaisse les paupières avec naturel. Je dois être quelqu'un d'important. L'imposture sera peut-être difficile à prolonger, mais je n'ai pas le choix, la Triumph TR4 de 1963 que j'ai laissée mardi matin au parking de l'aéroport étant une stricte deux-places.

Les mains dans le dos, patient, je vais me poster devant le tapis roulant où je laisse tourner mon sac de voyage. La prochaine femme de ma vie a confisqué le Mig 29 pour empêcher son fils de me mitrailler. Lorsqu'elle s'est penchée pour attraper sa première valise, j'ai eu le temps de déchiffrer l'étiquette :

« I. Aymon d'Arboud, 11 place Jean-Jaurès, 75019 Paris ». Cinq minutes plus tard, son chariot rempli, elle a entraîné Raoul par le col de son blouson, sans un regard vers moi. Il s'est retourné une dernière fois, m'a visé avec deux doigts tendus, mais j'ai tiré le premier. Il s'est effondré au bout du bras de sa mère.

– Raoul, arrête !

Et elle l'a ressuscité en lui tendant une sucette, qu'il a jetée par terre avec rage pour mériter une gifle qui n'est pas venue. Je les ai regardés franchir les portes coulissantes avec une jubilation que je n'avais plus éprouvée depuis des années. Contrairement aux plaisirs à durée déterminée qui préservaient mon indépendance depuis que je vivais seul, cette façon de m'en remettre aux dés que j'avais lancés me donnait une impression de liberté retrouvée. A aucun moment je n'ai songé qu'il était assez maladroit de draguer une jeune veuve en lui flinguant son fils. Avec un regard apitoyé pour le requin gris à cravate Hermès et valise Vuitton qui continuait de chercher d'un air furieux son nom sur toutes les pancartes de l'aéroport, je me suis dirigé vers la sortie.

Accablée derrière son chariot où s'entassent deux valises et trois sacs, I. considère les cinq cents mètres de queue en spirale que les barrières canalisent jusqu'à la station vide. Irène, Isabelle, Inès ? Le choix est maigre – cela dit, elle écrit si mal que ça peut très bien être un J. Elle se dirige vers la centaine d'agressifs qui essaient de grimper dans le bus pour les Invalides, renonce et rebrousse chemin. Il ne lui reste plus que la navette Orlyval desservant la gare d'Antony, à dix ou vingt stations de chez elle.

– Vous êtes sans voiture ?

– Ben oui, dit Raoul. Et toi ?

Cette fois j'ignore l'enfant ; je ne m'adresse qu'aux yeux bleus, aux soleils de détresse et d'insomnie qui marquent les paupières d'I.

– Si vous êtes pressée, je peux vous faire profiter de la mienne.

Et je désigne en toute simplicité la limousine aux vitres noires dont le chauffeur obséquieux m'ouvre la porte arrière.

– T'es un chanteur ? s'extasie Raoul.

Je secoue la tête en souriant, avec un air rassurant pour sa mère. Il réfléchit, sourcils froncés, dans un effort qui fait glisser les lunettes au bout de son nez. Que puis-je être d'autre, avec une voiture de six mètres, sinon joueur de foot ou prince charmant ?

– On y va, maman ?

Elle me regarde durement, immobile, refoulant la tentation, le soulagement. Des larmes viennent dans ses yeux. Elle est à bout de nerfs, de fatigue, de chagrin. Il faudra des mois de patience et de gentillesse pour qu'elle redevienne la femme radieuse, légère et drôle que je devine sous le poids des circonstances. Je ne suis pas pressé. Et j'ai la conviction qu'elle est déjà libre dans son cœur, qu'elle n'aimait plus le père de Raoul. C'est le rôle que le drame la force à tenir qui lui est insupportable. Le deuil social. L'atteinte à sa liberté, à son choix, à sa manière d'assumer sans contrainte : je suis sûr qu'elle a toujours élevé son enfant seule. Un type comme moi reconnaît immédiatement les mères célibataires, même lorsqu'elles portent une alliance.

– Vous allez dans quelle direction ? demande-t-elle en baissant les yeux.

Raoul s'est déjà engouffré à l'arrière de la limousine. Je me contente de répondre que je suis en avance, et que de toute manière on m'attendra. Et j'empoigne ses valises, aidé par le chauffeur.

– Désirez-vous aller directement au siège, monsieur, s'informe-t-il en démarrant, ou passer d'abord à votre hôtel ?

Elle me regarde avec un début de curiosité, essayant sans doute de définir ma profession, entre la désinvolture blagueuse dont j'ai fait preuve jusqu'alors et le sérieux protocolaire qui m'entoure à présent. Prudent, je réponds à mon chauffeur que nous allons d'abord déposer Madame dans le XIX$^{e}$. Il raidit les épaules mais ne réplique pas. Je suppose que ma demande signifie un détour. La banquette avance sous nos fesses, les appuis-tête nous courbent la nuque en bourdonnant, les glaces descendent et remontent. Profitant des commandes électriques qui mobilisent l'attention du petit garçon, j'essaie d'engager une conversation normale avec sa mère :

– Ça fait longtemps que vous êtes... ?

Mes points de suspension englobent son tailleur noir, l'alliance au bout de sa chaîne.

– Nous étions divorcés, répond-elle fermement, comme si elle voulait couper court à une compassion hors sujet. Il ne l'a pratiquement pas connu. Un bout de week-end par-ci par-là, entre deux conflits. Il était chef d'escadrille dans les forces de l'OTAN.

– Il est mort pour la France, précise Raoul avec fierté.

– Il est mort pour rien, réplique-t-elle avec rancune.

Elle croise les bras, le regard fixé sur le plafonnier. Je laisse passer un kilomètre de silence, avant de répondre :

– Moi, je suis célibataire.

Elle tourne vers moi une expression qui signifie « Et alors ? ». Avant que j'aie pu affiner cette information qui a dû ressembler à une offre de service, Raoul me demande si mon père à moi est mort aussi. J'acquiesce. Un large sourire illumine son visage.

– Il était pilote de guerre ?

– Non.

– Il était quoi, alors ? demande-t-il avec une moue déçue.

– Il était naturel.

Sa mère et lui me regardent avec la même expression, d'une couleur différente. A l'âge de Raoul, je croyais qu'il existait des hommes dont le métier était de faire des enfants aux femmes qui ne voulaient pas de mari : c'étaient eux les vrais « pros », et le fait d'avoir un papa naturel sous-entendait pour moi que les autres pères étaient artificiels, comme le prouvaient leur sérieux, leurs coups de gueule, leurs punitions et leurs airs empruntés quand on jouait avec eux. Moi, mon « naturel », je l'avais à moi tout seul un dimanche sur quatre : il m'emmenait au cinéma dans des cabriolets anglais ou sur le porte-bagages d'une mobylette, laissant des pourboires de roi aux ouvreuses ou me faisant entrer sans payer par les issues de secours, au gré du hasard qui était son gagne-pain. Lorsque ma mère l'avait rencontré, il roulait en Jaguar, il revenait du casino de Forges-les-Eaux où il avait fait sauter la banque. Un mois après ma conception, il avait tout reperdu et elle le trouvait déjà beaucoup moins beau. Elle s'était remise à traquer l'homme idéal, haut fonctionnaire ou chirurgien, celui qui l'arracherait pour de bon aux horreurs de la campagne et, jusqu'à sa mort, elle lui avait reproché cet enfant qu'elle lui avait fait dans le dos.

– C'est quoi, un naturel ? s'informe Raoul.

– C'est un papa qui vit de son côté et qui n'a pas le même nom que toi, mais ça ne veut rien dire : il t'aime quand même. Et peut-être mieux, parce que c'est moins facile.

– Pourquoi j'en ai pas eu un, moi ? lance-t-il à sa mère avec rancune.

Elle plisse les paupières pour me remercier de la confusion supplémentaire que j'introduis dans son esprit. Comme elle ne lui répond pas, il se remet à toucher les boutons sur la console entre ses pieds. Un courant d'air froid nous saute au visage, devient brûlant, de nouveau glacé.

– Arrête, Raoul.

– Oui, Ingrid.

– Tu dis « oui, maman », s'il te plaît.

Ingrid... Je n'avais pas cherché dans l'exotisme. Ça ne lui va pas du tout. Je demande, aussi neutre que possible :

– Vous êtes d'origine suédoise ?

– Non, belge.

C'est dit sur un ton de mise au point, sans concession, sans lendemain, sans espoir. C'est mal me connaître.

– J'adore la Belgique.

– C'est votre problème, dit-elle en grattant une tache sur le blouson de Raoul.

– Moi, le papa de mon père, son Mirage a pété aussi quand il était petit, mais il a sauté d'abord avec son parachute, alors il a trois médailles.

– Nous venons de passer la semaine chez lui à Cannes, me glisse-t-elle, crispée, comme si j'y étais pour quelque chose.

– C'est agréable en cette saison, dis-je par esprit de conciliation.

– Plus-ja-mais, articule-t-elle un ton au-dessous, le front en avant, la moue boudeuse.

Elle décroise ses jambes, se tourne vers la portière. Son parfum d'adolescente, chèvrefeuille et vanille, est aussi peu assorti à son tailleur sévère que son prénom torride. Je lui cherche en vain une pointe d'accent belge, mais elle parle sans relief, un peu à côté de ses mots, comme en version doublée.

– J'ai faim, dit Raoul.

Elle sort un paquet de Choco-Prince de son sac, parmi des faire-part et des boules de cyprès, le laisse s'empiffrer en lui recommandant de ne pas se couper l'appétit. J'adore sa voix décalée, son regard mobile si vite distrait, l'équilibre de ses traits tourmentés, son harmonie dans les contradictions. J'aimerais tellement lui rendre son sourire.

Un bouchon s'est formé à l'approche de Paris et le moustachu me glisse dans le rétroviseur :

– Pardonnez-moi, monsieur, mais vu l'heure de votre réunion, ce serait mieux que je vous dépose d'abord au siège, et que je conduise Madame ensuite.

L'absence d'arguments me laisse flottant sous le regard approbateur d'Ingrid. Je me reprends et lance sèchement :

– Non, Madame d'abord. La réunion attendra.

Elle proteste, donne raison au chauffeur : elle m'a suffisamment dérangé comme ça. Je renonce à prolonger le débat. J'ai son nom et son adresse : à moi d'aller les relancer un jour prochain sous ma véritable identité.

– Vous travaillez dans quel secteur ? enchaîne-t-elle.

Je me creuse. J'observe les sourcils de mon chauffeur dans le rétro, me réfugie dans une quinte de toux en espérant qu'il va répondre pour moi. Mais le bouchon se résorbe et il change de file, concentré, méthodique. Elle attend, étonnée de mon silence. Je n'ai plus que le recours dérisoire de lui retourner sa question :

– Et vous ?

– Je suis ornithologue.

Je m'extasie, aussitôt passionné.

– Elle travaille avec les oiseaux, précise Raoul.

Ce rôle de traducteur, de trait d'union qu'il tient entre nous sur la banquette me donne un plaisir fou. Sans lui, je serais sans doute tombé sous le charme de sa mère, mais je n'aurais peut-être pas ressenti ce désir de défaire ses bagages, cette volonté d'avenir, de vie commune. J'ai terriblement envie d'un enfant, mais je n'ai aucun besoin de me reproduire. Ça me plaît bien que Raoul soit déjà fait, à ma convenance et disponible. J'aime assez l'idée de le choisir sur pied.

– Pour l'instant je ne travaille avec personne, corrige Ingrid à contretemps. J'ai perdu ma volière dans le divorce, et les oiseaux n'ont plus de crédits, au CNRS : tout va aux singes. On accepte l'intelligence des primates, puisqu'on est de la famille, mais celle des oiseaux dérange, parce qu'elle est supérieure et qu'elle remonte aux dinosaures.

Elle a parlé d'une traite avec une rancœur farouche, une conviction de persécutée qu'on réduit au silence.

– Tu sais comment il fait, le pigeon voyageur, pour revenir tout seul chez lui ? me lance Raoul en cognant mon coude. Il respire toutes les odeurs pendant le voyage, et après il les suit à l'envers.

J'acquiesce, à tout hasard. J'aime bien ses yeux brillants, sa gaieté nerveuse, sa fierté de savoir.

– C'est ma théorie, la « carte olfactive », nuance

Ingrid : je ne suis pas encore en mesure de la prouver de manière scientifique. Mes confrères ont démontré que les pigeons se repèrent grâce à leur mémoire visuelle, aux champs magnétiques, à la position du Soleil ou des étoiles, suivant les conditions météo. Mais quand j'anesthésie la muqueuse olfactive, c'est vrai, ils sont incapables de retrouver le chemin. Ce n'est qu'une preuve par défaut.

– Et vous en avez perdu beaucoup ?

– Ils finissent toujours par revenir, quand l'effet de l'anesthésie se dissipe. Seulement ils sont en retard, alors ils me font la gueule.

La femme *d'avant* est revenue en quelques phrases : libre, obsédée, enthousiaste, puisant dans sa fantaisie la rigueur de ses recherches, et transformant l'absurde en logique intérieure.

– Et toi, tu fais quoi ? me demande Raoul.

Pris de court, entraîné par la passion, la foi désarmante avec lesquelles Ingrid a parlé de son métier, je réponds que je suis dans les jouets. Le tressaillement du chauffeur provoque une légère embardée, et le klaxon réprobateur de la moto qui nous double.

– Du moins c'est ma formation de départ, dis-je pour rester compatible avec la limousine.

– Tu fais des jouets ? s'extasie Raoul.

– J'ai fait.

Passant prudemment sous silence son chasseur

bombardier, je cite quelques-unes de mes inventions pacifiques, du *Magic Parade* au *Miroir de Blanche-Neige*, en passant par *Hop-là-Boum*, le portique évolutif de zéro à dix-huit mois qui favorise l'éveil sensorimoteur, *Enquêtes dans la jungle*, le *Loto des fleurs*, *Scoutland Yard* et le *Rallye des légendes*. Aucune réaction. Tous des bides, c'est vrai. Par amour-propre, j'ajoute à ma liste *Je crée le Monde*, qui m'a valu l'oscar du Jouet 1984 et une rente à vie sous forme de royalties.

– J'en ai un ! s'écrie-t-il.

Je feins la surprise. Un million de boîtes s'écoulent chaque année, assurant les trois quarts de mes revenus ; c'est la seule grande réussite de ma carrière : on lance les dés et on crée le monde, en avançant des pions sur des cases. Apparition de la vie, Paradis perdu, Guerre des anges, Dix Commandements, Déluge, Envoi d'un Sauveur, Retour à l'Expéditeur ; le premier joueur qui arrive au Jugement dernier a gagné, à moins de faire un double six qui le ramène à la case départ. Afin de ne pas froisser les religions ni limiter le marché, les Dieux en compétition, de couleurs différentes, s'appellent Créator, Créatus, Créatix, Créatox, et la planète en jeu Créaterre – mais je n'y suis pour rien : la précaution vient des créatifs du service juridique.

– Ce n'est pas encore de ton âge, dis-je par souci

d'apaisement, en sentant sa mère tendue à l'évocation du jeu.

– Rien de ce qu'il aime n'est de son âge, soupire-t-elle.

La Mercedes traverse Paris. Raoul s'est endormi entre nous. Il a mis sa main gauche dans celle d'Ingrid, et la droite sur la mienne. Je sens le trouble qu'elle éprouve, sa réaction de rejet, d'incertitude et d'à-quoi-bon, face au désir qui émane de moi. Je les sens dans la main du petit, comme s'il était conducteur. Je tourne la tête vers elle, lentement. Elle observe les pigeons qui volent autour d'un square. C'est peut-être la première fois depuis des semaines qu'elle se voit femme dans un regard, et plus seulement veuve ou mère divorcée, et ça ne paraît lui inspirer qu'un chagrin de plus.

Le petit bredouille dans son sommeil, appelle son père. Je retire ma main, par discrétion. Alors elle plonge ses yeux dans les miens. Je ne sais ce que je dois y lire ; la reconnaissance ou le regret, l'espoir d'une invitation ou une fin de non-recevoir... Un grand scrupule me tombe sur l'estomac : j'ai peur soudain d'avoir abîmé quelque chose, compromis un équilibre, perturbé une solitude qui était en train de retrouver ses marques.

– Voilà, monsieur, dit le chauffeur en s'arrêtant boulevard des Italiens.

Il descend m'ouvrir la portière, tandis que je découvre le fronton solennel où s'étale en lettres blanches : « Crédit Lyonnais ».

Je suis resté sur le perron quelques secondes, en agitant la main, jusqu'à ce que la limousine ait disparu. Puis j'ai salué le portier qui me tenait le battant ouvert, et je suis parti vers la bouche de métro pour aller récupérer ma Triumph à l'aéroport.

Deux jours plus tard, j'envoyais à Ingrid un pigeon voyageur muni d'une invitation à déjeuner chez moi, à soixante kilomètres de Paris, avec prière de confier la réponse au porteur. Je m'étais fait livrer par un colombophile d'Orgeval son plus beau spécimen que j'avais transporté en cage dans ma voiture décapotée, pour qu'il puisse bien respirer le chemin, jusqu'au 11 de la place Jean-Jaurès où je l'avais remis à la concierge.

Ingrid vint sonner le lendemain matin à la grille, sans Raoul, mon pigeon dans la main. Elle me dit :

– Je vous ramène le porteur.

– Il s'est enrhumé ?

– Lisez le message.

Elle était vêtue d'un jean et d'un col roulé gris, les cheveux dénoués sous un parapluie d'homme. J'ai pris le pigeon, déplié la feuille glissée dans la bague. Elle m'expliquait pourquoi elle se sentait obligée de refuser mon invitation : elle en avait très envie, Raoul parlait de moi tout le temps, mais comme il ne s'était pas réveillé quand j'étais descendu de voiture, elle avait fini par le convaincre que je n'existais pas – autrement dit, il pensait que j'étais une créature magique, un lutin de passage, et mieux valait ne pas le décevoir ; elle regrettait beaucoup mais elle préférait ne pas me revoir. J'ai relevé les yeux et j'ai dit :

– Je comprends.

Alors elle s'est glissée dans mes bras. Le coup de foudre à l'aéroport de Nice avait été mutuel, et je ne m'en étais même pas rendu compte. Il allait durer toute ma vie. C'est-à-dire, au vu des derniers événements, quatre ans et sept mois.

# 2

Je n'ai jamais vu un homme aussi blessé. Pas malheureux ni désarmé ni triste : blessé. Il vient tous les trois ou quatre jours, depuis deux semaines, et c'est toujours vers moi qu'il se dirige. En faisant mine d'hésiter, de jauger les files d'attente chez les autres filles, de me choisir pour des raisons objectives. J'en suis bizarrement flattée.

Ce qu'il cherche dans mon regard, pendant nos brefs rapports, ce n'est pas un reflet de lui-même, encore moins la séduction ou ce genre d'encouragement qui pousse aux confidences. Ses yeux n'appellent rien, ne provoquent pas : ils captent, c'est tout. Même si je suis prétentieuse en me le disant, je sens bien que c'est la réalité : cet homme prend des forces en moi, chaque fois qu'il me regarde, tandis que je passe ses achats au décodeur magnétique ; des provisions de vie, de jeunesse ou de joie. Il se raccroche à mon sourire de commande, ma bonne humeur de service.

Je ne sais quelle épreuve il traverse, quelle douleur il affronte, qui je lui rappelle ou ce que je l'aide à oublier, un instant, devant le tapis roulant qui nous sépare. Il porte une alliance, mais c'est peut-être un souvenir, le refus d'un divorce ou une fidélité posthume. Peut-être qu'il n'a plus personne à qui parler, et nous ne nous disons presque rien. Bonjour, tapez votre code, au revoir et bonne fin de journée, merci.

Il grave dans ses yeux mon sourire, s'en va et se retourne, au coin de la photocopieuse, tout en choisissant un cageot vide sur l'une des palettes « Servez-vous ». Je sais exactement le moment où il va se retourner, et je m'arrange pour être penchée dans sa direction, en train de passer des packs d'eau minérale ou des barils de lessive, pour augmenter à son intention le sourire que je consacre au client qui lui a succédé. Afin qu'il se sente un peu plus important, un petit peu plus unique. Et ma propre détresse, en retour, se dissipe un instant.

# 3

C'est vrai que le bonheur peut devenir une habitude, un avantage acquis, un état naturel. En quatre ans et demi, je ne me suis jamais senti en danger avec Ingrid. Je ne me suis pas ennuyé une seconde, entre elle et Raoul. Pas une dispute, pas un malentendu, pas l'ombre d'un rapport de force. La deuxième fois où l'on a fait l'amour, on se connaissait déjà par cœur, et on ne s'est jamais rassasiés, jamais lassés – moi, en tout cas. Elle était le rêve de femme que je poursuivais de brouillon en brouillon. J'étais le premier avec qui elle partageait le plaisir qu'auparavant elle se donnait toute seule. Et même si ça n'était pas tout à fait vrai, c'était si bon de le croire.

Moi qui détestais l'idée de mariage, je l'avais épousée au bout de trois mois. Ça n'avait rien changé entre nous, ça lui avait simplement permis de maintenir son ancienne belle-famille à distance, afin que son fils ne soit plus un moyen de chantage, un prétexte pour se mêler de sa vie. Il n'était plus question qu'elle partage l'autorité parentale avec des ayants droit ; désormais Raoul avait un nouveau père – même si je l'étais à titre officieux : quand je lui avais demandé la permission de l'adopter, après lui avoir expliqué en quoi cela consistait, il avait répondu non merci. Raoul Rockel, c'était nul. Il préférait continuer à s'appeler Raoul Aymon d'Arboud, et devenir vicomte à la mort de son grand-père. Je n'avais pas insisté. Je lui avais remis les papiers de l'adoption, pour qu'il soit libre un jour de changer d'avis : mon offre demeurait valable. Il avait rangé le formulaire dans ce qu'il appelait son « coffre », la boîte de bonbons Quality Street où il conservait ses trésors, ses secrets et la photo de son père.

Le petit vicomte en herbe, avec ses lunettes en plastique jaune et ses épis rebelles, qui jusqu'à notre rencontre ne connaissait de la vie que les oiseaux de sa mère et les bombardiers de son père, redescendait sur terre. Je lui avais appris le vélo, les jeux de société, la manière d'écouter les arbres et de parler aux fées cachées dans les forêts, qu'il faut tout le temps mettre en garde contre les sorciers déguisés en ramasseurs de champignons, qui veulent les manger en omelette afin de s'emparer de leurs pouvoirs. Et, de mois en mois, l'orphelin fébrile était devenu un rêveur attentif, respectueux des mystères et gentil avec tout le monde, même si, dans les sous-bois, il traitait parfois d'assassins les promeneurs qui cherchaient des girolles.

Avec les bruits de la vie, les rires, les chahuts, les cris de plaisir et la présence obsédante des oiseaux qui se considéraient chez eux, la grande blonde et le petit garçon avaient réveillé le paradis de mon enfance, cette ferme désaffectée où je n'élevais plus que des fantômes. Et ce malgré les ronchonnades, les obstructions, la guerre d'usure que leur menait Louisette, qui avait senti le péril dès le premier matin, quand Ingrid lui était apparue, un pigeon à la main. Pour désamorcer l'intruse, elle nous avait décongelé une cervelle d'agneau alourdie de sauce au vin et de gousses d'ail, qui nous avait plongés dans un sommeil de plomb, tout de suite après l'amour. La sieste ayant duré jusqu'à l'heure du dîner, elle était venue toquer à la porte pour demander si elle devait remettre un couvert « à la dame ». La dame m'avait sorti de sa bouche pour répondre : « Avec plaisir », alors Louisette lui avait servi son pigeon voyageur aux petits pois. Les seules conséquences avaient été mon coup de colère et l'indulgence d'Ingrid, qui avait passé des années à rassurer un jaloux sans raisons qui se croyait trompé à chaque fois qu'on l'envoyait bombarder une cible. Pour venger la mémoire du pigeon, j'avais demandé à Louisette d'être mon témoin au mariage et, depuis, entre mes deux amours et la centaine d'oiseaux qui maculaient terrasse et mobilier de jardin, elle faisait contre mauvaise fortune la gueule.

J'adorais voir Ingrid poursuivre douze expériences à la fois, mélangeant ses fiches, égarant ses lentilles, courant, blouse au vent, de l'ancienne chapelle devenue pigeonnier à la serre abandonnée qu'elle avait transformée en labo. Pour que les résultats ne soient pas faussés par le stress de la captivité, elle laissait les tabatières ouvertes et les oiseaux, permanents de la volière ou étrangers en escale, venaient passer les tests quand ils en avaient envie. Appareils à tiroirs, machines fonctionnant sur le principe du Quiz, un coup de bec sur le bouton de la bonne réponse libérant une friandise, cartes à jouer et projecteurs de diapos étaient soumis au bon vouloir des corbeaux, des mésanges et des merles qui étaient ses volontaires les plus assidus. Même lorsque la réussite d'une manipulation n'était pas récompensée par une graine, les oiseaux venaient solliciter les machines à problèmes, le jeu étant une activité essentielle pour eux. Mais ils en avaient très vite marre, et les expériences devaient s'étaler sur plusieurs mois pour être concluantes, notamment les épreuves de discrimination qu'elle proposait aux pigeons. Mis en présence de diapos, ils devaient reconnaître celles où figurait un homme, identifier tel ou tel arbre, repérer le paysage déjà vu sous un autre angle. Le taux de réussite dépassait les quatre-vingt pour cent ; en revanche ils rataient régulièrement le test de la banane, qui faisait appel à la notion de comparaison. Seuls les corbeaux s'avéraient capables de regrouper différents objets parce qu'ils étaient jaunes, de raisonner en termes de couleurs pour distinguer la banane de la non-banane, la première étant mûre et la seconde encore verte.

Mais sa principale découverte, qui lui avait mis à dos le CNRS, était le caractère inné du chant, démontré par l'élevage en isolation phonique totale d'oisillons nés en couveuse. Quelle que soit la famille d'accueil dans laquelle elle les plaçait ensuite, le chant produit semblait issu de leurs chromosomes : un rouge-gorge, adopté par des mésanges, même s'il n'avait jamais entendu chanter en rouge-gorge, vocalisait spontanément dans le registre propre à son espèce. Et quand on le relâchait, bagué, adulte, il allait se marquer un territoire dans sa langue biologique. Seuls les estrildidés apprenaient le chant du père adoptif, et lui restaient fidèles ensuite durant toute leur vie, même en présence de leurs congénères.

C'est Raoul qui m'avait annoncé la bonne nouvelle. Ingrid, elle, taisait ses résultats jusqu'à la complète certitude. Elle n'évoquait en ma présence que ses ratages ou les succès de ses collègues, comme la mesure du quotient intellectuel des corvidés par Bernadette Chauvin, ou les prouesses d'une surdouée mythique jamais encore étudiée en laboratoire, la fauvette de Ceylan, capable, d'après les explorateurs, de tordre une toile d'araignée pour en faire un cadre de soie et d'attacher, avec les fils, des feuilles qu'elle avait auparavant perforées afin de se construire un nid sur mesure, cousu bec. Un jour, se promettait Ingrid, nous irions au Sri Lanka voler une fauvette couturière, pour faire connaître au monde l'habileté de cette espèce avant qu'elle ne disparaisse. Mais nous avions le temps de laisser mûrir ce rêve : pour l'instant, dans les forêts qu'elle habitait, les Cinghalais étaient plus occupés à massacrer les Tamouls qu'à dénicher les fauvettes.

Et j'accueillais dans mes bras les projets fous d'Ingrid, les obsessions, les coq-à-l'âne et les associations d'idées qui parfois jaillissaient la nuit pendant l'amour. Elle se figeait soudain, arrêtait ses mouvements pour écouter une voix en elle, et finissait par pousser des clameurs du genre :

– Mais c'est ça, l'explication !

– De quoi ?

– Ils n'en ont rien à foutre !

– Qui ça ?

– D'une bouteille en plastique. Les corbeaux.

Je restais immobile dans son corps, attendant que le feu de son désir repasse au vert. Pour éviter que ses débats intérieurs ne l'emmènent trop loin de moi, je prenais soin de la relancer :

– Une bouteille de quoi ?

– N'importe ! Sur les photos que je leur montre depuis six mois, ils reconnaissent tout : le chêne, le poirier, l'homme, l'enfant, la rivière, les noix, la mésange, le rat... Cent pour cent de réussite au test, même s'il n'y a pas de récompense à la clé ; ils donnent les trois coups de bec convenus dès que je leur montre une photo deux fois : ils reconnaissent tout, je te dis, sauf la bouteille en plastique. Et je viens de trouver la réponse : s'ils ne la mémorisent pas, c'est qu'ils n'en ont rien à foutre ! Franchement, Nicolas, réfléchis : à quoi peut bien leur servir une bouteille en plastique ?

– A rien, c'est génial !

Et je la ramenais à nous en me réjouissant hypocritement de sa découverte, qu'elle finissait par oublier en laissant monter son plaisir, pour ensuite la remettre en question dans la salle de bains. L'eau s'arrêtait brusquement et elle surgissait, brosse en main, dentifrice coulant sur les seins :

– Attends… Le tracteur non plus, ça ne leur sert à rien. Pourquoi ils le reconnaissent ?

– Je t'aime.

– Oui, mais ce n'est pas une raison.

– Le tracteur, ça les dérange.

Elle sautait sur moi, prenait ma tête entre ses mains et me déclarait avec un grand sourire moussant que j'étais l'homme de sa vie. Elle m'avait donné toutes ses clés, tous ses visages : la petite fille étouffée par ses frères, l'adolescente rebelle qui ne parlait qu'aux oiseaux, la bûcheuse des forêts, la passionnée bridée par le CNRS, la divorcée mal vue, la veuve incomprise, la mère dépassée, l'amoureuse intacte… Les désillusions, les drames et les satisfactions qui m'avaient conservé n'avaient rien cassé non plus en elle. Nous nous donnions raison de vouloir rester contre vents et marées ce que nous étions l'un pour l'autre : deux éternels enfants trop mûrs parmi des adultes puérils ayant remplacé le rêve par l'ambition, la révolte par la susceptibilité et les jardins secrets par la pression sociale. Nous ne sortions pas, nous invitions peu, les gens de nos milieux disaient : « Ils s'encroûtent », et c'était cruel pour eux de voir que nous avions l'air de mieux en mieux ensemble. Seuls les vrais solitaires, quand ils se rencontrent, peuvent s'aimer sans s'abîmer parce qu'ils n'ont pas besoin de se fuir, d'exercer un pouvoir sur l'autre ou de considérer la durée comme une fin en soi. Ingrid me demandait parfois : « Promets-moi qu'on se quittera si un jour on s'aime moins. » Je promettais, certain que ça n'engageait à rien. Que pouvait le temps contre nous, sinon renforcer nos choix, nos refus, nos certitudes et nous isoler toujours plus du monde ambiant ? Les seuls moments où j'étais gêné par son attitude, c'est quand elle me disait combien le père de son enfant avait été inexistant au lit. Je me sentais curieusement vexé.

En plus d'Ingrid et Raoul, j'avais recueilli dans ma vie le lieutenant Charles Aymon d'Arboud, ce fantôme sans abri, ce garçon qui aurait le même âge que moi s'il n'était pas tombé au champ d'horreur, comme disait le petit. Chef d'escadrille et fervent pacifiste, catholique militant mais deux fois divorcé, possessif et infidèle, culpabilisé par l'image héroïque de son père et la naissance de ce petit-fils qu'il s'était senti obligé de lui donner, pour assurer la pérennité du nom, alors qu'il était certain de mourir en mission avant de pouvoir l'élever... Je m'étais pris d'une amitié sincère pour ce pauvre diable au visage d'ange sur ses photos en uniforme, cette victime du devoir et des tentations qui n'avait jamais su dire non. Moi qui n'avais pas de camarades, en dehors des femmes qui jalonnaient ma vie, voilà que je me découvrais un copain posthume.

Son corps s'étant désintégré en vol, on avait enterré à Paris une caisse vide, enrobée d'un drapeau, dans un de ces carrés militaires où les morts doivent faire le deuil de leur personnalité, les croix qui les signalent ne respectant que l'alignement. J'ai donc fait graver son nom en post-scriptum sur mon caveau de famille, dans le joli cimetière planté d'ifs et de prunus à la sortie du village, sous l'épitaphe que j'avais composée jadis pour mes grands-parents : « *Ici reposent Jeanne et Jules Rockel, unis à la ville comme aux champs pendant cinquante-quatre ans, victimes des quotas de production de la Politique agricole commune, et qui sont retournés à la terre qu'on ne leur permettait plus de travailler.* » J'avais beaucoup choqué ma mère, avec le côté réducteur de cette inscription. Évidemment, ça ne faisait pas très chic, sous le c-v de mon arrière-grand-père : « *Ci-gît Ferdinand Rockel (1849-1940), co-inventeur du celluloïd, fondateur de la première fabrique de poupées en France, qui fit la joie de milliers d'enfants avant de périr en héros sous la botte des nazis.* » Fleuri tous les 8 mai par la municipalité, Ferdinand avait succombé en fait à un arrêt du cœur lorsque les Allemands étaient venus réquisitionner son château. En rentrant de captivité, mon grand-père n'avait pas voulu remettre en état la demeure souillée par ses bourreaux ; il avait bradé la ruine à demi incendiée et s'était installé avec Mémé Jeanne dans les communs aménagés en ferme. Pendant une vingtaine d'années, les récoltes avaient payé les semences, et puis il avait fallu vendre les terres, les unes après les autres, pour nourrir les bêtes. Aujourd'hui les promoteurs ont fait du château un lotissement, et les champs de blé, de maïs et de tournesols où je galopais dans mon enfance sont devenus un golf.

J'emmène le petit pique-niquer, souvent, sur la tombe où j'ai mis le couvert de son père. « *Ici se pose le lieutenant Charles Aymon d'Arboud, disparu dans son Mirage en Bosnie.* » Nous lui parlons de nos journées, il nous raconte les siennes. C'est Raoul qui sert d'interprète :

– Il dit qu'il vole très bien, avec ses ailes en plumes, et ça fait pas de pollution. Ils sont allés attaquer l'enfer, avec ses copains, ils ont fait plein de morts chez les diables.

Je réponds qu'il a mérité sa médaille, et nous le décorons solennellement avec une capsule de Schweppes. En le quittant, nous prélevons quelques feuilles au potager que nous lui avons planté dans les caissons latéraux du caveau : c'est plus sympa que des chrysanthèmes. Sa mémoire fait pousser des fines herbes, et Raoul en assaisonne tout ce qu'il mange. Deux fois par jour, à table, il sort avec respect de sa poche un peu de ciboulette, d'estragon ou de basilic ; c'est sa potion magique.

Ingrid est rassurée de voir le petit si à l'aise entre ses deux papas, le titulaire utilisé en condiment et le remplaçant qui lui donne l'enfance normale qu'il n'avait pas encore eue : des jeux, du rire, des blagues et de la complicité. En même temps elle est un peu inquiète de le voir imiter avec autant de naturel ma fidélité aux disparus. Mais ça ne l'empêche pas de me sourire quand Raoul passe la béarnaise ou le pistou à un invité en lui disant : « Vous voulez un peu de mon père ? »

La descente aux enfers avait commencé le 6 juillet, par une remarque anodine : « Tu ronfles. » J'avais cru Ingrid sur parole, bien qu'elle ne m'ait jamais fait de réflexion à ce sujet en quatre ans de nuits communes. Quand elle se plaignait que je l'empêchais de dormir, jusqu'à présent, c'était plutôt un compliment. Nous revenions d'une semaine à Disneyworld, Raoul et moi, j'étais sous le coup du décalage horaire, et il m'avait fallu quelques jours pour commencer à envisager que peut-être mes ronflements étaient une réalité ancienne, mais que la gêne était nouvelle. De là à y voir le reflet d'un désagrément plus profond, voire un prétexte pour m'inciter à faire chambre à part, il n'y avait qu'un pas que je mis pourtant une semaine à franchir.

Rien dans son comportement n'avait changé, me semblait-il. Nous faisions l'amour comme tous les soirs, un quart d'heure après que Raoul avait éteint sa lumière, puis je traversais la pelouse pour aller coucher sur le canapé de mon bureau, au-dessus du garage. Mais, à force de tendre l'oreille en guettant le sommeil, les doutes avaient meublé mes insomnies et je décidai une nuit, pour en avoir le cœur net, de brancher un magnéto.

Deux jours de suite, au lieu de travailler sur les maquettes de jeux que mes employeurs avaient pris l'habitude de me renvoyer pour modifications, je passai l'après-midi à écouter tourner des cassettes vierges. Seuls, de loin en loin, les ressorts du canapé trouaient le silence de l'enregistrement quand je bougeais dans mon sommeil. Et puis la sonnerie du réveil, toutes les quarante-cinq minutes, ponctuée de mes grognements pendant que je retournais la cassette. Mais de ronflement, point. Un souffle lent, régulier, que le bruit de fond du micro recouvrait quand je montais le volume.

Muni de ces pièces à conviction, j'allai demander une explication à Ingrid, qui me répondit sans me regarder, sans même suspendre le test de niveau qu'elle était en train de faire subir à un pivert dans son laboratoire :

– Je vais avoir quarante-cinq ans.

– Et alors ?

Son anniversaire était dans quinze jours ; j'avais invité sa mère et tous ses amis ornithologues – c'était une surprise.

– Je ne m'aime plus, Nicolas. Je n'ai plus envie de jouer avec les lumières, pour te cacher mon corps. J'ai cru qu'il suffirait d'éviter le matin, mais même dans le noir, tu vois, je n'arrive plus. Tu l'as senti, je le sais : je ne peux pas tricher avec toi...

J'ai acquiescé vaguement, un poids dans la gorge. Non, je n'avais rien senti. C'est moi qui, parfois, avec mes petits bourrelets et mon début de tonsure, me posais des questions devant la beauté de son corps.

– Comprends-moi : je ne refuse pas mon âge, Nicolas, au contraire. Je veux être bien dans cette autre vie. C'est très gentil de me trouver encore belle parce que tu as envie de faire l'amour, mais je ne veux pas qu'un jour tu t'aperçoives... Je ne veux pas voir dans ton regard autre chose que... nous. Ç'a été trop beau, Nicolas. Trop fort. Je préfère qu'on arrête d'un coup, avant de gâcher nos souvenirs, avant que tu perdes le désir, que tu te forces ou que tu fermes les yeux pour penser à une autre...

Je suis tombé des nues. Je me suis récrié, j'ai dressé le catalogue de tout ce qui m'excitait de plus belle en elle, au fil des ans ; tout ce que j'avais découvert dans ses bras, tout ce qui était de mieux en mieux... Mais c'est plus difficile qu'on ne pense d'énoncer des évidences : j'étais si sincère que j'avais l'impression de parler faux. Et visiblement elle refusait de me croire – du moins elle anticipait mon détachement en m'interdisant de le démentir. Et ce crétin d'oiseau qui tapait contre le distributeur à tiroirs pour avoir sa graine.

– Ingrid... écoute... C'est pour la vie que je t'ai épousée.

J'ai senti aussitôt que cette phrase bateau allait me faire chavirer. Elle a répondu :

– Non, c'est pour Raoul.

J'ai protesté, avec l'énergie de l'indignation. Alors elle a donné sa récompense au pivert, et elle m'a regardé en face pour me dire :

– Et c'est ma deuxième raison. Je dois protéger mon fils, Nicolas.

– Contre moi ?

– Contre ton influence, oui. Il t'aime tellement qu'il veut à tout prix te ressembler.

– Et je suis trop gros, c'est ça ?

Elle a détourné les yeux. C'est vrai que le bonheur, le bordeaux et les soucis dans mon travail m'avaient fait prendre six kilos en quatre ans, et que Raoul était devenu trop lourd pour sa taille – mais de là à m'en accuser, sous couleur de mimétisme ou d'osmose... D'abord le problème n'était pas son poids, conforme à son âge, mais sa taille qui restait nettement inférieure à la normale, et c'est Ingrid qui avait refusé le traitement aux hormones de croissance préconisé par le pédiatre, de crainte qu'il n'attrape la maladie de la vache folle. Et si elle me reprochait les glaces et les McDo qui nous avaient boudinés à Disneyworld, c'était sa faute : elle nous aurait accompagnés, au lieu de rester au chevet de ses œufs dans la couveuse, on se serait peut-être mieux nourris !

– Et voilà, soupire-t-elle. On croit que tout va bien, qu'on se comprend à demi-mot, et on se balance tout à la gueule quand on se quitte.

– Mais qui parle de se quitter ?

– Moi.

Je suis resté sans voix. J'ai senti que les larmes allaient monter à la place des mots, et je suis sorti. Elle ne m'a pas suivi.

Je me suis glissé dans la TR4 où, c'est vrai, j'avais de plus en plus de mal à rentrer. Bientôt, si je ne réagissais pas, il me faudrait un chausse-pied. Mais je n'abandonnerais jamais la voiture de mon père, pas plus que je ne renoncerais à Ingrid. Et j'ai foncé jusqu'à l'hypermarché pour dévaliser le rayon bio, remplissant mon chariot de substituts innommables, de protéines de synthèse, d'édulcorants, de mange-graisse et de coupe-faim jusqu'à plus soif.

Le regard désolé de la caissière accompagne les paquets, les sachets, les barquettes aux emballages lugubres ou trop guillerets que j'aligne sur le tapis roulant. Elle est nouvelle. Sans doute une de ces étudiantes qui gagnent leurs vacances d'août en travaillant au mois de juillet. Elle a une vingtaine d'années, un maquillage de cinéma muet, des cheveux très noirs laqués en parenthèses au-dessus du menton comme pour dissimuler ses joues, un air à la fois lointain et précis, une politesse inhabituelle et, dans tous ses gestes, une grâce mal accordée aux opérations machinales qu'elle répète à chaque chariot.

– Comment souhaitez-vous régler, monsieur ? me demande-t-elle avec inquiétude, sans doute pour la deuxième ou la troisième fois.

Je croise son regard, baisse les yeux parce qu'elle est trop mignonne, trop gamine malgré son maquillage hors d'âge ; ça ne fait qu'amplifier ma détresse. Sur son badge orange, on lit : « César ». Elle a dû se tromper de blouse. Ou c'est une blague de ses collègues. Ou son copain et elle ont échangé leur tenue de travail – le genre de fantaisie chargée de sens dont Ingrid et moi avons jalonné notre histoire.

– Carte de crédit, chèque ou espèces ?

Qu'est-ce qu'on s'en fout de son âge, des kilos en trop et des lumières qui gênent ! Je l'aime comme je suis, comme elle était, comme elle sera : je le sais et je ferai comme elle veut. Quitte à ne plus la toucher, le temps qu'il faudra, le temps qu'elle ait fini sa crise, quitte à laisser une pelouse entre nous, à faire semblant de m'éloigner pour ne pas risquer de la perdre en l'empêchant de partir.

– Monsieur ?

Je tends ma carte bleue en détournant la tête, pour ne pas montrer à une autre les larmes que j'ai retenues devant Ingrid.

# 4

Ses caddies ne se ressemblent jamais. Un jour il achète une piscine gonflable, des rollers pour enfant et un livre sur la préménopause. Le surlendemain c'est un drap de 80 et des filtres à une tasse. Et puis le vendredi soir quarante brochettes, cinq litres d'alcool à brûler, trois sacs de charbon de bois, alors j'imagine un grand jardin où il invite ses amis autour d'un barbecue. Mais, trois jours après, il me dépose sur le tapis une boîte de boules Quiès, dix paquets de copies blanches, un dictionnaire de rimes, des pantoufles en éponge et un balai télescopique, comme s'il habitait une tour semblable à la mienne, sans murs insonorisés ni dialogue possible. Ce qui ne l'empêche pas de glisser dans son chariot suivant un pulvérisateur, vingt litres de pesticide à maïs et le *Guide de défense des agriculteurs contre les lois de Bruxelles*.

A chaque fois, bien que j'essaie de rester réservée,

de trouver naturel ce que j'encaisse, j'ai l'impression qu'il guette dans mes yeux l'écho de ses achats, comme s'il voulait savoir à quoi je *crois*, quelle identité lui correspond le plus ou me convient le mieux. Je finis par me dire qu'il brouille les cartes à plaisir, qu'il se gausse de mes déductions qui ne tiennent jamais la distance. Ou bien mes hypothèses sont pour lui comme un genre d'évasion, une façon de trouver l'oubli dans l'imposture. Il est si touchant, quand il me regarde lui annoncer le total, avec ce sourire dégagé que démentent ses yeux tristes.

En quittant ma caisse, le soir, il m'arrive de penser qu'il s'apprête à dîner en famille, dans les pleurs d'un enfant malade ou le silence d'une femme qui ne l'aime plus. Ou alors il mange, à même le pot, l'une des bouillies amaigrissantes qu'il a achetées le premier jour, assis en face de sa télé, paysan au chômage ou poète inconnu. Qu'il soit seul à deux, à trois ou sans personne, je me dis que le contenu de son caddie est un dialogue qu'il noue, une série d'indices destinés à me mettre dans la confidence ou à me lancer sur de fausses pistes. Peut-être qu'il s'invente une vie différente, à chaque fois, dans mes yeux, le temps d'un passage en caisse. Cette idée m'attendrit. Cela me réconforte de sentir que quelqu'un se donne du mal pour moi, même si je ne suis qu'un prétexte, un dérivatif.

A moins que, tout bêtement, il n'ait envie de me draguer. Il n'ose pas, il se contente d'éveiller ma curiosité, alors tout reste beau, mystérieux, impossible. J'aimerais que cette situation dure toujours. Enfin... Aussi longtemps que je resterai ici, parquée devant ce tapis roulant, dans ma blouse trop grande, sous le globe lumineux de ce numéro 13 qui me vaut la haine de toutes les autres filles. Parce que c'est la caisse où, par superstition, passent le moins de clients. Parce que M. Merteuil, contrairement au principe du roulement hebdomadaire, me l'attribue depuis trois semaines pour que je finisse par accepter d'aller au cinéma avec lui. J'ai eu beau inventer successivement que je n'aimais pas le cinéma, que j'étais fiancée, musulmane très stricte et que j'avais cinq petits frères à charge, il a trouvé chaque fois la réponse à mon problème : « Ce n'est pas pour le film, je ne suis pas jaloux, je ne suis pas raciste, et ça vous fera du bien de vous changer les idées. » Moyennant quoi, il me laisse à la 13 en attendant que s'épuise mon stock de fausses raisons, toutes mes collègues sont persuadées que je le fais saliver pour augmenter ses largesses et me bêchent par envie, par mépris ou par esprit syndical. Parfois je me dis que je ferais mieux de lui dire oui. Quand il aura couché avec moi, il m'enlèvera de la 13 pour y mettre une des nouvelles engagées après moi ; la jalousie des filles se portera sur une autre privilégiée et je pourrai peut-être enfin me faire des amies.

Mes soirées sont longues, mes journées vides et ma vie ne mène à rien. Qu'est-ce que j'attends ? Une réponse du rectorat qui ne viendra plus, une permission de Fabien qu'on ne lui accordera pas, un retour de confiance... La renaissance de mes rêves d'adolescente qui m'ont fait quitter Bagdad, la Jordanie puis Vancouver à la poursuite de ma terre promise, ce français appris chez André Gide et Paul Valéry qui m'a transportée dans un monde de grâce et d'harmonie qui n'existe pas ; ce français qu'on parle si mal en France qu'il m'arrive de ne plus le comprendre. Je sais bien que je date : ma langue adoptive remonte aux années vingt, ma politesse ressemble à de la courtisanerie, mon physique de poupée Barbie version Moyen-Orient et ma timidité détournent les gens de ce que je suis vraiment, mes yeux trop maquillés sont un leurre pour cacher les cicatrices sur mes joues et les minijupes que j'exhibe, en fait de provocation, ne visent qu'à détourner l'attention : mes jambes n'ont rien d'exceptionnel, mais j'ai honte d'avoir de si petits seins. Bref, après avoir nourri tant d'illusions, je n'entretiens plus que des malentendus, sans les rechercher ni tenter de m'y soustraire, et je ne souris plus que par devoir, conformément à l'article 3 du Code de conduite aux caisses.

Seul un homme apparemment plus blessé que moi parvient encore à me donner un semblant de joie, à faire renaître un espoir. Le temps de son chariot, je me sens un peu moins déçue, destinée à quelque chose ; du moins utile à quelqu'un.

# 5

La chaleur de juillet m'écrasait, je ne mangeais presque plus rien et ma balance était devenue ma seule planche de salut. J'avais déjà perdu trois kilos en neuf jours – ça me donnait un but, un enjeu, une raison de survivre. Pourtant Ingrid ne m'avait pas laissé d'espoir : rien ne pourrait la faire revenir sur sa décision, ni son attachement pour moi, ni les remords qu'elle éprouvait, ni ma gentillesse, ni ma douleur, ni mes efforts, ni ma ligne. Libre à moi de maigrir ; mon régime profiterait à une autre et ce serait parfait. Plus que tout, c'est mon bien qu'elle voulait. Plus que tout, mais sans elle. Nous avions été le plus joyeux, le plus heureux des couples ; elle refusait qu'on mette ce bonheur en conserve, qu'on se dénature dans le souci de durer à tout prix. Si je reprenais le fil de son raisonnement, j'en arrivais à la conclusion qu'elle me quittait parce qu'elle m'aimait toujours. Et c'était pire que tout : je ne pouvais lutter contre personne. Par acquit de conscience, j'avais tout de même risqué :

– Tu as quelqu'un d'autre ?

Nous marchions sous les chênes, dans le chemin de lisière qui nous sépare du golf. Elle a regardé au loin la tache colorée d'un groupe de joueurs, et a sifflé pour rappeler le chien qui grattait sous la clôture avant de répondre :

– Je *suis* quelqu'un d'autre. Ne me demande plus de tricher pour rester celle que tu aimes. De nier le temps, de faire semblant d'être bien dans mon corps, de m'oublier dans tes bras... J'étouffe, Nicolas. J'ai tout pour être heureuse, tu es un type formidable, tu m'as fait une vie formidable, mais quand je te vois j'ai envie de toi et je ne veux plus qu'on fasse l'amour. Et je ne veux pas qu'on devienne des copains. Et je ne supporte plus que tu me désires, je ne supporte plus de te dire non, je ne supporte plus de me défendre, je ne supporte pas de te faire mal.

– Et qu'est-ce qu'on va dire à Raoul ?

Elle a baissé les yeux, a écrasé une taupinière avec son espadrille et a murmuré de profil, doucement, sur un ton qui semblait me donner raison, même si ce n'était qu'une concession à la vraisemblance :

– On lui dira que j'ai quelqu'un d'autre.

Je ne comprends pas. Qu'elle veuille soustraire son fils à mon influence, je peux l'admettre. Au fil des ans j'ai déteint sur lui, c'est vrai, j'ai pris trop de place entre eux ; ce n'est plus à elle qu'il demande une histoire avant de dormir, et il a délaissé leurs oiseaux pour mes jeux. Mais maintenant c'est fini : il ne s'intéresse plus qu'à son ordinateur et sa console Nintendo ; je suis largué, à mon tour, comme Ingrid – nous sommes quittes. Alors que me reproche-t-elle ? Les chiens Nescafé ? Je sais bien que j'ai transmis à Raoul mes façons d'apprivoiser la mort. Toutes les fois qu'un de nos labradors s'empoisonne, malgré la clôture, avec les appâts au cyanure que les gens du golf emploient pour se protéger des lapins, nous rendons les honneurs au disparu enveloppé dans un plaid, nous le couchons à l'arrière du break Volvo d'Ingrid et nous allons le faire incinérer dans les faubourgs de Mantes. Raoul part avec un pot de décaféiné vide, qui au retour contient les cendres étiquetées « Brutus », « Églantine » ou « Carmen », en lieu et place de « Nescafé ». Les jours suivants, il en saupoudre les endroits qu'aimait la victime, fait des mélanges, des croisements, des mariages posthumes, et va répandre quelques pincées dans le potager de son père, pour lui donner de la compagnie.

Ingrid trouve ça malsain, me blâme souvent d'entretenir chez Raoul ce qu'elle appelle des penchants morbides, alors que tout simplement il veut peupler le Paradis pour que son papa ne soit pas trop seul. Et si Caramel, notre labrador actuel, a déjà son nom et sa date de naissance marqués sur un bocal vide, c'est aussi qu'il adore les chiens mais qu'il en a peur, depuis qu'il s'est fait mordre, et qu'une fois morts il peut les aimer en toute confiance.

Mais il y a eu l'affaire Léa Gauthier, avant notre départ pour Disneyworld. Une tombe minuscule à côté de la nôtre, au cimetière du village ; une grille en fer rouillé entourant un carré d'orties avec un livre ouvert en pierre fendue où souriait dans un médaillon une fillette morte en 1917. Raoul m'avait plusieurs fois demandé ce que voulait dire l'affiche collée sur la petite croix : « Cette concession réputée à l'état d'abandon fait l'objet d'une procédure de reprise. » J'ai fini par lui avouer la vérité : personne ne venait plus voir la pauvre Léa, elle ne devait plus avoir de famille, alors on allait la mettre dans un genre d'orphelinat.

– Et pourquoi on la prendrait pas chez nous ?

Aucune de mes objections n'a pu le faire changer d'avis. On lui avait appris à partager, à ne pas être égoïste, à aider les sans-abri : pourquoi ne pas mettre ces belles idées en pratique ? Il avait le bon sens et la morale pour lui ; mes arguments n'ont pas tenu la route. Avant le passage de la pelleteuse, je me suis entendu avec le gardien du cimetière, et Ingrid nous a vus revenir le 26 juin avec le livre ouvert en pierre fendue. Notre première dispute. Elle a catégoriquement refusé de mettre un couvert de plus pour la petite sœur « réputée à l'état d'abandon », que Raoul avait décidé d'adopter.

– T'avais qu'à m'en faire une vivante ! lui a-t-il jeté au visage avant d'aller claquer la porte de sa chambre, où il avait ajouté, sous son nom, celui de Léa Gauthier.

Je sais que j'aurais dû parfois réagir en adulte, ne pas toujours céder aux caprices que lui inspirait mon imaginaire. Mais si elle voulait m'écarter de leur vie, pourquoi se donner le mauvais rôle ? Pourquoi vouloir dire à Raoul qu'elle avait rencontré quelqu'un ? Pour le *préparer* ? Je n'arrive pas à me sortir de la tête qu'elle connaît un autre homme, que le malaise qu'elle éprouve à mon contact ne vient pas de son âge mais de la comparaison avec un amant plus neuf. Je ne souffre pas d'être préféré : j'ignore la jalousie. Je souffre de ne pas pouvoir me défendre, c'est tout, parce qu'elle ne me dit pas la vérité sur ce qu'elle me reproche. Je prendrais sur moi, j'accepterais de fermer les yeux si je savais sur quoi, je deviendrais sans amertume ce genre de mari complaisant qu'on retrouve le soir à la maison après avoir fait l'amour chez un autre. Lorsque j'ai tenté de le lui dire, dans son laboratoire, elle m'a tourné le dos en serrant les dents. J'ai l'impression qu'en plus, c'est moi qui la fais souffrir. Et c'est vraiment ce qui me rend le plus malheureux.

Pour l'instant Raoul, apparemment, ne soupçonne rien. Depuis le début de l'été son caractère s'est durci ; il a trouvé Disneyworld « ringard », il écoute de haut mes histoires de fées, il s'enferme des heures dans sa chambre avec sa console vidéo et le fils d'un voisin qu'il baptise pompeusement son « meilleur ami ». Les jeux que j'avais inventés pour lui, les prototypes que je lui faisais tester ont regagné les placards de mon bureau. A quoi bon en chercher de nouveaux, pour qui travailler désormais ? D'ailleurs ni Mestro ni les autres fabricants ne donnent plus suite à mes projets ; ils me répondent que les enfants ne sont plus des mômes, ce qui est une façon polie de me dire que je vieillis, que mes idées sont périmées et qu'il est temps que je décroche.

Et c'est vrai que je pourrais vivre sans rien faire, avec les royalties de *Je crée le Monde*. On vient de l'adapter en cédérom et les ventes ont doublé. M. Mestrovak me l'a annoncé lui-même au téléphone, sur le ton de la consolation. Il a ajouté : « Venez déjeuner avec moi, un jour. » Depuis trois ans que ses enfants, alliés à son conseil d'administration, lui ont volé sa marque de jouets, il met un point d'honneur à ne revoir aucun de ses anciens collaborateurs, sauf quand ils se retrouvent comme lui sur la touche. C'est tout un pan de ma vie, M. Mestrovak. Un autre monde qui meurt. Je n'ai pas eu le courage de le rappeler.

Désormais, tout mon temps passe dans l'écriture sans cesse recommencée de ma « lettre à Raoul ». Je suis incapable de lui parler en face, durant nos balades à vélo ou le soir devant son lit, quand il me demande, pour me faire plaisir, de lui raconter une histoire. Changer de voix, devenir sérieux pour lui annoncer, avec tous les ménagements d'usage, que sa mère et moi allons nous séparer, mais que ça ne changera rien ? Je ne trouverai jamais les mots, l'intonation, les réponses aux questions qu'il posera ou la clé du silence dans lequel, plus probablement, il s'enfermera. Il faut que je possède mon sujet, que je rassemble mes émotions, que je les exprime par écrit. Quc je rédige non pas une annonce, un faire-part, mais une sorte de testament qui, plus tard, restera la preuve de mon amour pour eux, racontera notre histoire, donnera à jamais la preuve du bonheur que nous avons partagé tous les trois durant son enfance.

Alors j'essaie. Je noircis des feuilles et des feuilles,

je les rature, je les déchire, je sèche des heures sur une phrase que finalement je dilue avec mes larmes, et je laisse l'encre bleue couler dans les taches étoilées ; je regarde les mots finir en flaques.

Raoul,

Pardon de mettre ce papier entre nous, mais ce n'est pas une histoire que je t'invente ce soir. C'est la réalité que je vais essayer de t'expliquer. Tu es le petit garçon que j'ai toujours rêvé d'avoir, et je serai toujours pour toi le genre de père que tu voudras, dont tu auras envie ou besoin. Ta mère est la femme de ma vie, et j'aurais voulu être toujours celui dont elle a envie, besoin. Mais entre un homme et une femme, ça dure rarement aussi longtemps qu'entre un père et son fils. Regarde tes copains, à l'école. Leurs parents sont presque tous divorcés, ou ils font semblant. Ils sont jaloux de toi, tu me l'as dit souvent, ils te font des misères à cause de nous. Ça n'est pas « normal », des parents qui s'aiment comme au premier jour. C'est ma faute. J'ai voulu arrêter le temps, empêcher ta maman de vivre comme avant moi, de connaître d'autres personnes, de changer... Je l'ai enfermée dans mon amour, ce qu'il ne faut jamais faire, parce que c'est égoïste. Et aujourd'hui, il faut que j'ouvre la porte. Parce que peut-être elle a rencontré quelqu'un d'autre, comme ça arrive dans la vie.

On ne se disputera jamais, Raoul. Ni entre nous, ni à cause de toi. Mais il va falloir que je m'en aille un peu. Tu gardes ta chambre, ton école, tes copains, et peut-être que ça sera encore mieux entre toi et moi, si on se voit en cachette, si on se donne des rendez-vous secrets, comme je le faisais à ton âge avec mon « naturel », dans la Triumph que tu conduiras un jour, à ton tour.

Promets-moi que tu seras gentil avec Ingrid, et que tu ne lui parleras pas trop de moi. Comme ça, quand je reviendrai, ça sera une belle surprise...

– Papa ! C'est cuit, à table !

J'éclate en sanglots entre mes bras croisés, le menton sur la lettre que je chiffonne. Au début des vacances, il m'a demandé : « Nico, je peux t'appeler papa devant les copains ? » Je n'ai pas voulu dire non, bien sûr, je n'ai pas voulu non plus montrer mon émotion ; j'ai répondu : « D'accord. Les jours pairs. »

Je respire un grand coup, enfouis la feuille en boule dans ma poche, essuie mes yeux, chausse mes lunettes de soleil. Et je quitte le bureau en lançant avec un maximum de gaieté dans la réprobation :

– Raoul, on est le 19 !

Chaque fois qu'elle nous voit arriver tous les deux, elle m'interroge du regard, anxieuse. Ce soir, elle rentre de Paris où elle a passé la journée. Elle me retient dans le corridor, tandis qu'il se lave les mains. Elle me demande d'attendre encore un peu, de ne rien lui dire pour l'instant. Elle ne paraît plus sûre de rien, tout à coup. Alors je m'énerve, pour la première fois. Je lui dis qu'elle n'a pas le droit de jouer comme ça avec nous, et que de toute manière, même si elle change d'avis, ma décision à moi est prise.

Elle me regarde avec un mélange de panique et de fierté, comme si elle s'en voulait soudain de m'avoir amené exactement où elle l'avait souhaité. Je me suis dit, brusquement, qu'il y avait autre chose. Pas un autre homme : *autre chose*.

– Qu'est-ce que tu me caches, Ingrid ? Tu as un problème de santé ?

Toute la tristesse du monde est venue dans son regard. Très doucement, elle m'a répondu :

– Tu préfères ? Tu veux absolument une raison à ma conduite, une explication à ma déprime, un nom sur ce que j'éprouve ? Si j'ai changé avec toi, c'est que je te trompe ou que je suis malade. N'est-ce pas ? Je n'ai pas d'autre choix.

Je n'ai rien trouvé à lui opposer qu'un soupir d'impuissance. Et je lui ai tourné le dos pour aller m'asseoir à table. Si chacune de mes tentatives pour la comprendre devait renforcer le malentendu, ce n'était plus la peine de retarder l'échéance.

– Je vous ai fait votre poisson préféré, lui dit Louisette en déposant un faitout sur le dessous-de-plat.

Elle n'a jamais été aussi gentille avec Ingrid, depuis que je dors dans la maison d'en face. Elle fait celle qui ne voit rien, le regard à l'affût, épiant nos faux-semblants. Elle se dit qu'elle va me récupérer comme avant le mariage, et que reviendra l'époque des maîtresses jetables, des couverts d'un soir et des menus laissés à son entière discrétion. Elle ne sait pas encore que c'est moi qui pars.

Je déplie ma lettre, cette énième version déchirée chaque nuit pour renaître sous une autre forme au matin. Je regarde Raoul, en pyjama Donkey Kong dans son lit superposé, au-dessus du compartiment à peluches fermé par un rideau qu'il appelle sa « chambre d'ami ». Encadré par le livre en pierre de Léa Gauthier et son vieil ours borgne qui ressemble à un hérisson depuis qu'il est passé en machine, il me lance, au moment où je vais attaquer mon préambule, lui expliquer la raison de ce courrier :

– Mais t'en as déjà vu une, de fée, ou pas ?

Alors les mots restent coincés dans ma gorge, et je replie la feuille. Demain. Après-demain. Un autre jour. Il y a plus urgent : la lueur de soupçon, de déception, de rancune qui brille dans ses yeux.

– Pourquoi tu me demandes ça ?

– Ludovic Sarres, il dit que les fées, c'est bidon. Ça existe pas.

Mon poing se referme dans la poche où j'ai enfoui ma lettre. Ludovic Sarres a vingt centimètres de plus que lui. Ludovic Sarres est un crack en Nintendo. Ludovic Sarres est le fils d'un photographe qui couvre les catastrophes à la une de *Match*. Chaque fois qu'il vient dormir à la place des peluches, dans le lit du bas, Raoul fait pendant trois jours des cauchemars pleins de révolutions, de trains qui déraillent et de tremblements de terre, que j'ai un mal fou à neutraliser avec mes contes de fées.

– Évidemment que ça n'existe pas, les fées, pour Ludovic Sarres !

Tout le désespoir, la violence que je retourne contre moi en vase clos depuis le début du mois s'est concentrée dans ma haine envers ce petit connard gâté, transformé en adulte bonsaï par un grand connard sérieux pour qui l'enfance est du temps perdu sur les réalités d'un monde qu'il faut affronter avec précocité, force de caractère, ambition, objectifs, conflits. S'endurcir, se blinder, faire son trou et se fixer : pas de place pour le rêve, les rires, la tendresse ! La mère de Ludovic Sarres est une figurante incolore, une résignée au foyer, un placement à long terme en prévision de la retraite du baroudeur qui, d'ici là, se tape tout ce qui drague dans les points chauds de la planète. A moins qu'entre-temps Ludovic Sarres, dans le droit fil de son éducation rationnelle, n'ait égorgé ses parents pendant leur sommeil afin de toucher plus vite son héritage.

– Il me fait chier, ton Ludovic Sarres ! Il ne sait même pas ce que c'est, une fée ! Il croit que c'est une grosse gourdasse à baguette qui transforme les citrouilles en carrosses dans les vieux contes ringards ! Mais elles sont partout, les fées ! Elles sont dans la vie, autour de nous, seulement on ne les voit pas, alors on décide qu'elles sont bidon, et du coup elles se mettent à douter, elles aussi, elles ne croient plus en elles ; à force d'entendre qu'elles n'existent pas, ça déteint, elles ne se rappellent plus qu'elles sont magiques et elles ont peur de vieillir et elles veulent disparaître avant qu'on s'en aperçoive et tout foutre en l'air autour d'elles pour avoir moins de regrets, comme ça il n'y aura plus sur terre que des Ludovic Sarres à la con, de père en fils, la race dominante, la pensée unique, la raison du plus fort, le triomphe des clones !

Ingrid entre en coup de vent, s'arrête sur le seuil, me regarde. J'ai crié. Je demande pardon. Raoul sort de sous l'oreiller sa baguette magique, la pointe vers moi, presse le bouton, et le tube en plastique transparent s'illumine, dégage un rayon laser classe B qui danse sur ma poitrine. Ma dernière invention mise en vente. Retirée du marché par la nouvelle norme européenne.

– En quoi tu l'as transformé ? s'intéresse Ingrid, pour dissiper l'incident.

– En rien, répond Raoul.

– C'était déjà fait, dis-je à Ingrid.

Et je sors de la chambre.

C'est la première nuit qu'une cloison nous sépare. Tu dois m'entendre bouger comme j'écoute ta respiration dans le silence. Le charpentier a traité les poutres de mon bureau et l'odeur m'a empêché de faire maison à part, ce soir ; je me suis replié dans la chambre verte. Demain les invités arrivent et nous ferons semblant de toujours nous aimer – tu feras semblant et je jouerai ton jeu. Pour Raoul. Pour ta mère. Pour tes amis. Pour les vacances. Nous irons voir le juge en septembre, et nous serons divorcés avant Noël. Je te laisserai la ferme. Ton fils et tes oiseaux sont bien moins transportables que moi ; ils ont leurs habitudes, leurs repères, leurs copains. Mon souvenir restera dans les murs, et vous garderez en vie ce lieu que j'aime tant. M'y retrouver dans votre silence me serait insupportable. Les chambres fermées. Les repas seul. La volière vide. Vous meublerez mon absence ; la vôtre me détruirait.

J'irai au hasard, je ne sais où ; je repasserai de temps en temps, avec des cadeaux et des rires feints, jouant les courants d'air, les nouvelles peaux, la légèreté, les pages tournées, pour te rassurer, pour que Raoul ne t'en veuille pas. Pour constater, avec l'orgueil amer des sacrifiés, que la vie continue après moi. Je me serai effacé sans rien casser autour de vous. C'est mon choix, ma douleur, ma fierté. J'ai commencé l'entraînement. Quand je reviens de l'hypermarché où je suis allé chercher l'oubli une heure en m'essayant d'autres personnalités, je me figure que je suis déjà parti, que j'ai posé mes valises ailleurs et que je reviens dire bonjour, comment allez-vous, je ne vous manque pas trop, c'est bon de vous revoir, le jardin est beau, il faudrait donner de l'eau aux poiriers, les oiseaux ont l'air en forme, tout est resté comme avant...

Le tableau se précise de jour en jour, de trajet en trajet. La seule inconnue, la seule variable, c'est cet autre que moi, ce successeur qui tantôt figure à ma place, habite ma ferme, supporte Louisette, enlace ma femme, veille sur notre fils, et tantôt non. Mais même sa présence ne change rien à ce qui était.

A quoi penses-tu, mon amour, de l'autre côté du mur, dans l'insomnie qui nous unit ? Sans doute à votre avenir. Le partage a commencé : tu m'as laissé le passé.

## 6

Il dépose ses achats de plus en plus lentement sur le tapis, il met un temps fou à composer son code. Tandis qu'il plie son ticket de caisse dans sa poche, il me regarde enfin et je sens qu'il est sur le point de me proposer un verre. Il ne le fait pas. Il y a toujours un chariot derrière lui, auquel il faut céder la place. Sa manière de me dire au revoir ressemble à une excuse. Il aimerait, mais il ne peut pas. Je l'intimide. Il n'est pas libre. Ou c'est moi qui ai l'air d'avoir quelqu'un dans ma vie. Il ne cherche pas à deviner mon corps sous ma blouse. Il n'essaie pas de combler nos silences en parlant du temps qu'il fait, du monde qu'il y a. Il ne cache pas sa douleur et n'a pas besoin de la montrer. Je ne sais pas ce que je lui inspire, mais je rêve souvent à lui, la nuit. Ce n'est jamais érotique. Je suis en péril et il me sauve. Sans rien faire. En étant là. Je crois que jamais je n'ai eu confiance en quelqu'un de cette manière, sans raison, gratuitement.

– Bonne journée, dit-il.

– Vous aussi.

Et c'est tout, il s'en va.

De jour en jour, je me rends compte que j'attends qu'il revienne avec presque autant d'espoir et d'illusions forcées que lorsque j'ouvre la boîte aux lettres, le soir, et qu'il n'y a jamais ce que je voudrais.

Et puis, ce matin, un incident s'est produit. Il poussait le caddie vers ma caisse, au moment où un homme l'a interpellé. Le genre avantageux qui parle fort, grisonnant frisé, le menton carré, le bronzage soigneux, l'œil narquois, avec une veste de chasse sans manches où les stylos remplacent les cartouches. Je l'ai encaissé, quatre ou cinq fois : il achète le whisky le plus cher, le reste en promotion, et brandit machinalement sa carte American Express Gold, pour le plaisir de pouvoir brocarder le magasin qui n'est pas encore habilité à l'accepter. Un jour où il se trouvait sans son épouse, il m'a demandé de quelle origine j'étais, et il m'a expliqué mon pays en quatre formules définitives, à la cantonade, généreux de ses lumières.

– Rockel bonjour, eh ben alors, on fait ses courses tout seul ? Ah ! les femmes, il ne faut plus compter dessus. Dites donc, votre fils a l'air de se dégourdir, avec le mien, ça me fait plaisir pour lui. Venez prendre l'apéritif, un soir, Doudou sera contente de connaître Ingrid. Au fait, vous jouez au golf ?

Mon inconnu m'a tourné le dos. Il a repoussé les avances du grand bronzé, et s'est dirigé vers la caisse 17. Je me suis concentrée sur un problème de rouleau défectueux pour donner l'impression que je n'avais rien perçu de cet échange, que je ne savais toujours de lui que ce qu'il désirait me faire croire. Mais quelque chose me disait que je ne le reverrais plus.

Trois jours ont passé dans un sentiment de nostalgie délétère. Les présentoirs d'été, les parasols, les jeux de plage et les têtes de gondole Camping avaient laissé la place aux fournitures scolaires, aux « avant-promos » de la rentrée. L'indifférence de tous les acheteurs, la mauvaise humeur des enfants replongés au cœur des vacances dans l'univers des cahiers, des crayons, des gommes et des cartables m'ont fait mal. La joie gourmande et contagieuse d'Al Saray, le marché aux livres de Bagdad, telle que je l'ai connue avant l'embargo, renaîtra-t-elle un jour pour les générations futures ? L'excitation que nous éprouvions à préparer l'année en choisissant nos compagnons de route, nos outils de travail et de savoir, cette liberté merveilleuse de pouvoir se projeter dans les mois à venir, de savourer d'avance la connaissance en balisant ses chemins, n'était plus, quand je suis partie, que l'angoisse de la pénurie, du rationnement, la crainte de ne pas trouver, de mal acheter, d'user trop vite le crayon, la gomme ou le cahier sans avoir les moyens de les remplacer ensuite. L'économie des mots, l'interdiction des ratures, la conscience de devoir *tenir* une année entière avec les provisions du départ. On nous aura tout volé, même le temps, la promesse des semaines qui s'écoulent au fil de l'éphéméride, une page par jour, ce luxe perdu.

Je ne supporte pas de voir ces rayons de fournitures somptueuses qui restent intacts, cette débauche de papeterie à prix cassés qui n'intéresse personne, parce qu'il fait trop beau, trop chaud, et que c'est trop tôt. Mais le plus désolant, dans cette vie climatisée où je m'englue, ce monde clos où seules les taches de sueur et les gouttes de pluie sur les vêtements qui défilent m'indiquent la couleur du ciel, le plus indécent, dans cette liberté ambiante que les Français trouvent normale et due, c'est la sensation d'être constamment surveillée. Et je ne parle pas des caméras de contrôle.

Mouss et Rachid me regardent quitter la cité, le matin, vérifient l'heure de mon retour le soir, passent au magasin deux ou trois fois par jour afin de voir comment je me conduis avec les hommes, viennent sonner le dimanche pour s'assurer que je suis seule.

Ce sont les copains de Fabien, je sais bien ; ils ont à cœur de pouvoir lui certifier au parloir que je lui demeure fidèle, mais on ne m'ôtera pas de l'esprit que le pouvoir qu'ils jubilent d'exercer sur moi, c'est avant tout parce que je suis une femme et que, me disent-ils avec fierté, nous sommes « rebeus ». Lorsqu'ils m'ont expliqué le sens de l'adjectif, j'ai précisé que j'étais kurde ; ils ne savent pas ce que c'est mais cela ne doit pas être brillant, puisque je ne les comprends même pas. Ils sont nés à Mantes-la-Jolie, ils ignorent l'arabe et parlent le français à l'envers.

Ils sont gentils, aussi. Ils m'ont volé un scooter pour que je n'aie plus à prendre le bus. Ils montent la garde devant les boîtes à l'heure du courrier, parce que j'attends une lettre importante pour mes études. Ils m'invitent chez eux pour que leurs mères et leurs sœurs m'apprennent la prière, la cuisine, le respect et la docilité. Ce n'est pas bon, pour une fille comme moi, de vivre avec des livres au milieu des hommes.

J'ai renoncé à les faire lire, à leur ouvrir les yeux, à les détourner du haschich, à leur donner un autre but sur terre que de m'empêcher d'être libre. Je n'ai réussi qu'à les dissuader de voler leurs CD à l'hypermarché où je travaille.

Un jour, ils m'ont vue avec celui que je continue d'appeler intérieurement « mon inconnu ». Une erreur de code-barres avait prolongé nos rapports, cette fois-là, nous avait laissés seuls et flottants l'un en face de l'autre, dans l'attente des vérifications. Nous avons échangé des regards furtifs, partagé un silence de gêne. Mouss et Rachid sont venus aux nouvelles. J'ai eu peur pour lui. Maintenant j'ai peur qu'il ne revienne plus.

Pourquoi a-t-il fallu que ce soit en France que je découvre la peur ? La vraie peur, celle qui dessèche et paralyse ; pas celle de mourir, celle de vivre.

# 7

Cet été lourd et sec, sans un souffle de vent, et l'herbe qui pourtant restait verte à cause des pluies du printemps ; cette souffrance en creux dès le réveil dans mon bureau encombré d'achats inutiles et de projets sans suite, ce sentiment de vide qui me nouait la gorge au premier bonjour et cette comédie qu'il fallait jouer devant des étrangers, pour ne pas gâcher la fête à laquelle je les avais conviés…

Je passais le tracteur autour des amis d'Ingrid qui comparaient leurs travaux dans les chaises longues. Il y avait Frans Muylen, son vieux maître, un géant léonin traîné dans la boue trente ans plus tôt pour avoir démontré que les pigeons étaient plus intelligents que les singes. Il était venu avec sa fille de seize ans, qui ne desserrait les lèvres que pour mâcher du chewing-gum et bronzait les seins nus en me regardant tondre. Il y avait Wim, l'Anversois, un allumé fébrile percé d'anneaux qui avait découvert le secret des cigognes en les empêchant de migrer : si elles changeaient d'hémisphère, c'était pour éviter l'excès de matières grasses dû à la diminution de l'ensoleillement. Son livre, best-seller en flamand, s'était vendu chez nous à trois cent quatre exemplaires : c'est Ingrid qui l'avait traduit. Il y avait Martin, l'échassier du CNRS, qu'elle avait connu au Palais-Royal où il répertoriait les moineaux, des fiches plein ses poches et un prénom pour chacun, avec sa tête de pierrot tragique, son veston d'hiver, sa cravate en tire-bouchon et les contusions sur son front – l'habitude de cartographier en marchant. Et puis Fifou, un universitaire de Fos-sur-Mer qui dressait les mouettes à repérer les gilets de sauvetage, flanqué d'une femme en dépression profonde qui travaillait chez Nestlé.

Mais les plus pénibles étaient Anneke et Mia, ses deux anciennes copines de lycée qui préparaient une thèse sur l'homosexualité chez les huîtriers pie de la mer du Nord, une espèce où les femelles partagent un mâle et défendent son territoire en s'accouplant devant lui. Anneke affirmait que c'était une relation affective issue d'un taux de testostérone plus élevé que dans les races où le mâle est dominant, et Mia y voyait au contraire une stratégie guerrière, une démonstration de force pour faire connaître aux intrus potentiels leur coopération totale en cas d'attaque. L'échassier du Palais-Royal tentait de les mettre d'accord en leur rappelant son étude sur l'infidélité comparée, de zéro pour cent chez l'albatros à cent pour cent chez l'hirondelle, où c'est presque toujours la femelle qui part à la recherche d'un meilleur partenaire tandis que le mâle garde le nid. Frans Muylen démolissait leurs conclusions au nom de l'alternance saisonnière monogamie/divorce chez le pigeon, n'obéissant qu'à la loi du bon plaisir, et la discussion se terminait en flamand, au grand dam de ma belle-mère qui, wallonne, jouait les offensées en exil et me répétait sans cesse que nous étions en France, pour que j'impose la langue locale. Ingrid soutenait Anneke, l'Anversois prenait le parti de Mia et les francophones allaient observer la parade nuptiale du ptilonorhynque, ce gringalet tout moche qui venait chaque jour à heure fixe au labo écraser les myrtilles qu'on lui laissait sur une assiette, afin de se rouler dans la purée violette qui donnait à son plumage terne la seule teinte capable de séduire sa femelle.

Moi, je ne paradais pas ; je perdais mes couleurs en silence. Tous me saluaient poliment, le matin, puis m'oubliaient en dehors des heures de repas, sauf la mâcheuse aux seins nus qui rissolait pour rien dans l'herbe, entre les rougeurs de ses coups de soleil et celles de son allergie aux aoûtats. Des conversations s'interrompaient à mon approche, d'autres changeaient d'intonation, se poursuivaient en néerlandais. L'idée que parmi les six ornithologues se trouvait la personne avec qui me trompait Ingrid me rendait minable et furieux contre moi. Je détestais tendre l'oreille, me faufiler dans l'ombre, marcher sans faire craquer le parquet, interpréter les regards, parier sur l'un ou l'autre et me persuader que j'étais épié, de la même manière, par l'un d'eux qui se demandait dans mon dos si je *savais* ou non. Plus encore que le doute, la parano me crucifiait.

Ingrid était gentille avec chacun, sans plus. J'avais le sentiment qu'elle m'en voulait de les avoir réunis à son insu. Cette surprise que je lui avais faite à mon corps défendant se retournait contre moi. Peut-être que la situation avait provoqué une crise avec « l'autre personne ». Je n'y trouvais aucune revanche. A l'heure de la sieste, quand j'étais seul à peaufiner ma lettre à Raoul dans la touffeur de mon bureau et que l'aigreur me venait, je me disais qu'elle en aimait deux à la fois, ou qu'elle ne savait pas encore lequel elle préférait, ou qu'elle hésitait entre un homme et une femme, ou qu'elle me fuyait dans la nostalgie d'une liaison d'avant notre rencontre, et c'était de ma part une maladresse de plus que d'avoir ainsi remplacé le fantasme à distance par l'étalage à domicile.

Nous jouions au couple heureux. Elle ne donnait jamais l'impression de tricher, et le plus douloureux était que je devais faire un effort pour me rappeler que je l'avais perdue.

Aucun réconfort ne me venait du côté de Raoul. Il faisait trop chaud. Les vélos restaient au garage, sa piscine gonflable n'était pas assez grande pour moi. Quand le soleil de cinq heures sur la verrière rendait mon grenier irrespirable, j'allais me réfugier dans l'atelier voûté derrière la cuisine, où je remettais sans espoir ma pauvre lettre en chantier. De la chambre au-dessus me parvenaient le cliquetis des manettes, la musique électronique, répétitive et lancinante de la console Nintendo sur laquelle mon petit garçon se mesurait à Ludovic Sarres. Penché sur mon établi, les joues dans les mains, les coudes sur mes feuilles blanches, j'écoutais ces dialogues étanches qui sonnaient le glas de ma vie d'inventeur et de mon rôle de père.

– Ce qui serait cool c'est une bombe : on la foutrait dans les fissures. Je me suis toujours demandé ce qu'y avait derrière.

– C'est peut-être le Monde des Ténèbres.

– Faut tirer le bon levier, sinon tu te crashes au niveau 4. J'essaie un truc sur la 3 D. Voilà, le sanctuaire est là ! L'autre, c'est des rats qui tombent.

– Qu'est-ce qu'y a marqué ?

– « Change de lunettes, bigleux. »

– Non, déconne pas, Ludo, on n'a plus que la moitié du sablier !

– « Ludovic, tu dois essayer de tuer le sorcier avec l'épée Excalibur. Mais fais attention, car tous les démons du château seront désormais à tes trousses. » C'est quoi, mes trousses ?

– C'est rien, clique.

– « Un ancien du village, d'après la légende, pourra te guider et te montrer comment obtenir la protection des fées »... P'tain, encore ces conneries !

– Passe.

– « Va voir cet ancien, il te dira où trouver Excalibur et comment t'en servir. Prends un rubis et un cœur qui te conduiront à la maison de l'ancien. »

– Ils sont oufs ! T'as plus assez d'étoiles pour gâcher un cœur !

Mais c'était encore préférable au silence, un jour sur deux, quand Ludovic Sarres emmenait Raoul chez lui surfer sur Internet. Alors j'allais marcher dans la forêt. Mais même la solitude ne voulait plus de moi. J'arpentais mes sentiers préférés, là où les hêtres enserrent la pinède ensablée qui monte vers la Croix-Saint-Jean, et je n'avais plus rien à dire aux arbres qui ne me parlaient pas. C'est pourtant là que je m'étais réfugié, à l'âge de Raoul, dans une cabane de bûcherons désaffectée, lorsque ma mère avait vendu la ferme. C'est là que j'avais prié si fort, en enlaçant les troncs, que Dieu ou les fées m'avaient donné ensuite la vie que je m'étais bâtie en rêve. C'est là que je continuais de venir solliciter et remercier les forces en action autour de moi. En 83, quand j'avais racheté la ferme grâce à mes premières royalties, j'avais découvert un jour au milieu du sentier un jeune arbuste couché, à demi cassé par le passage des cerfs. A tout hasard, je l'avais redressé et soutenu en plantant près du tronc une grosse branche morte dont le bout faisait fourche. De mois en mois, je l'avais vu perdre ses feuilles, en pousser de nouvelles, cicatriser. Aujourd'hui c'est un bouleau superbe auquel j'ai toujours laissé, en souvenir, le tuteur qu'il dissimule l'été sous son feuillage.

Tout autour, au fil des ans, j'ai béquillé des frênes, des aulnes, des inconnus, des beaux, des moches et des tordus, et le soin que je prends d'eux, les encouragements et les compliments que je leur prodigue, le mal que je me donne pour ces arbres qui ne sont pas à moi sont ma plus grande fierté, l'une de mes joies les plus sincères. Lorsque les tempêtes ou les promeneurs font tomber mes attelles, je les remets aussitôt, même si elles sont devenues inutiles. C'est ma seule vraie superstition. Comme si l'axe de vie que je crée entre le tronc blessé et le tuteur mort m'envoyait en retour des ondes bénéfiques – toutes mes béquilles sont en place, cet été, pourtant, et le charme est rompu.

L'an dernier, j'en ai trouvé une que je n'avais pas plantée. Quelqu'un m'avait imité, avait sauvé un arbrisseau. Depuis, chaque fois que je viens dans la pinède, en plus de vérifier la santé de mes patients, je cherche et je visite ceux qui ne me doivent rien. Une demi-douzaine de convalescents ont poussé ainsi autour des miens. A plusieurs reprises, au retour d'un voyage, il m'a même semblé que mes propres tuteurs avaient été replacés par d'autres mains. C'était merveilleux de faire école. Un peu triste aussi : ma vie, décidément, n'était plus utile à grand monde – même les arbres se passaient de moi. A quoi bon remettre encore les pas dans le souvenir de cet homme heureux qui plantait du bois mort ?

En quittant la forêt, je m'arrêtais au cimetière pour arroser le potager que Raoul délaissait depuis le printemps. J'évitais de regarder l'épitaphe « *Ici se pose le lieutenant Charles Aymon d'Arboud, disparu dans son Mirage en Bosnie* » ; j'avais l'impression que mon hospitalité s'était retournée contre moi, que Charles avait part au naufrage de mon couple. Si sa volonté survivait, elle avait peut-être mis tout en œuvre pour qu'Ingrid divorce à nouveau ou soit veuve une seconde fois... Jamais elle ne m'avait parlé de leur histoire autrement qu'à travers les déceptions, les malentendus, les injustices qu'elle avait subis. Mais lui ? Comment avait-il vécu la fin de leur mariage ? Son accident n'était-il dû qu'à une défaillance technique ? Lui avais-je apporté la paix ou gâché l'au-delà en prenant sa place dans le cœur de son fils ? Je me sentais encore plus indésirable qu'ailleurs, devant ce caveau de famille où le chiendent étouffait les fines herbes.

Alors je rentrais faire un peu de présence parmi les invités, je donnais un coup de main à Louisette, et puis je disais à Ingrid : « Je vais à la grande surface. » Ou je ne disais rien, pour éviter de m'entendre répondre qu'on avait tout ce qu'il fallait. La Triumph franchissait la grille dans la poussière du chemin, et la détresse blanche qui m'oppressait en permanence se changeait en pincement au creux de l'estomac : le trac. Oui, les seuls moments où j'avais l'impression que mon rôle n'était pas terminé, que mon sort n'était pas une impasse, que d'autres détours pouvaient me ramener à mon point de départ, c'était quand le regard sage et poli d'une inconnue au prénom d'homme tentait de deviner qui j'étais d'après le contenu de mon chariot. Elle me redonnait du mystère, des rallonges, m'essayait des identités, des existences possibles. Mais sans doute, là aussi, je me faisais des illusions. J'étais un client entre mille, elle ne me reconnaissait pas d'une fois sur l'autre, c'est pour rien que je changeais de peau en achetant des choses dont je n'avais nul besoin et que j'entreposais dans mon bureau, musée imaginaire, accessoires de vies que je n'avais pas choisies.

La chaleur lourde et creuse qui m'attendait sur le parking dissiperait, je le savais, le maigre espoir né de la fraîcheur climatisée d'une caissière. Mais la sentir si peu à sa place, avec sa grâce décalée, dans cet univers mercantile aux néons crus, parmi ces consommateurs pressés qui ne la voyaient pas, me rappelait en écho l'incongruité de ma situation. Ce n'était pas possible qu'Ingrid me quitte pour les raisons qu'elle donnait. Pas elle. Pas moi. C'était une erreur du destin. Une faute de frappe. Un code erroné. Comme ce chevalet de peintre qui venait de s'afficher en tant que four à micro-ondes.

César s'est empressée d'effacer l'opération en pianotant sur son clavier :

– Ne vous inquiétez pas : je tape un nul.

D'un coup de baguette magique, ma femme ne connaissait plus que moi, aimait de nouveau son corps, mon petit garçon délaissait sa console vidéo pour ressortir mes jeux ringards et la vie reprenait comme avant, pour toujours.

– Stéphanie, comment je tape un nul si l'écran me répond code 07 ?

– Tu te démerdes.

– Excusez-moi, monsieur, mais vous connaissez le prix du chevalet ?

C'était la première fois qu'elle me posait une question de plus de cinq mots. J'ai fait semblant d'ignorer la réponse, pour prolonger cet instant. Si j'éprouvais une vague appréhension en partant pour l'hypermarché, je découvrais à présent que je n'avais plus envie de rentrer chez moi. Chez eux. Me sentir en sursis dans un rôle sacrifié me devenait insupportable. Ici, j'étais un autre. J'étais mille autres. J'étais de nouveau quelqu'un, parce que je n'étais personne.

# 8

J'ai dit oui à M. Merteuil. Il m'emmène au cinéma jeudi soir ; vendredi matin j'aurai changé de caisse et troqué, je l'espère, la cadence paisible de la 13 contre un peu moins d'hostilité de la part de mes collègues. J'aurai rejoint le bataillon des « anciennes » et peut-être, comme elles, je regarderai en biais la petite nouvelle que le responsable adjoint de la logistique aura mise à ma place en attendant qu'elle lui cède. Il paraît qu'ils ont un nom pour cela, en France, et même une loi : harcèlement sexuel. Mais ils ont aussi le chômage, alors les filles se taisent. C'est un mauvais moment à passer, voilà tout. Pas si mauvais, d'ailleurs, laisse entendre Séverine qui vient de fêter la signature de son contrat à durée indéterminée. Elle rayonne, elle exulte : elle est *intégrée*. Poliment, je me suis réjouie pour elle.

Comment peut-on envisager sa vie dans cet univers, entre Josiane qui est là depuis vingt-cinq ans, la foule des anonymes badgées qui se ressemblent ou se jalousent, et Marjorie qui, arrivée en même temps que moi, espère déjà passer titulaire ? Marjorie est la plus jolie fille que j'aie jamais vue. Ronde et longue, la bouche pulpeuse, les jambes interminables et les seins comme un buste de Rodin. Elle est fiancée avec un monteur-câbleur, je ne sais pas ce que c'est, mais il vient la chercher tous les soirs et ils se comportent en vieux couple. Ils font des plans de crédit, des simulations de remboursement, calculent les allocations que leur rapporteront leurs bébés, le budget vacances et la durée de l'épargne-logement : dans quinze ans ils seront propriétaires du pavillon qu'ils feront construire l'hiver prochain. Son rêve tient en trois pages de catalogue qu'elle nous montre chaque jour au vestiaire, pour que nous l'aidions à choisir la forme des tuiles, l'emplacement des fenêtres et la référence du carrelage. Ils sont heureux. M. Merteuil l'a affectée à la caisse numéro 10, réservée aux cartes de fidélité, parmi les points-cadeaux à valider, les coupons d'échange et les bulletins de participation qu'il faut aider à remplir. Elle travaille deux fois plus que les autres, mais elle s'en moque : le pavillon qu'elle bâtit dans sa tête est le meilleur des remparts. Toutes les filles l'envient et je commence à les comprendre.

Parfois je me sens flotter dans une toile d'araignée

qui se renforce de semaine en semaine. A la pause, aujourd'hui, Mina et Stéphanie m'ont lancé avec suavité, en me voyant lire le programme des conférences à la Sorbonne : « Josiane aussi, au départ, elle était venue pour un mois. On y prend goût », ont-elles ajouté d'un air vendeur, et cela voulait dire : on y fait souche.

Je n'ai rien pu répondre ; je ne dispose d'aucun autre argument que la foi, ce mot qui, en français, semble n'avoir que deux sens : illusion ou intégrisme. Je sais bien que mon avenir est soumis à une boîte aux lettres qui demeure vide. Personne ici ne soupçonne le voyage que j'ai fait, les années d'études et les mois de guerre, les attentes de visa, les humiliations et ce rêve de la France qui m'a permis de tout surmonter, même les deux nuits où je suis restée cachée parmi les cadavres à la frontière iranienne – tout cela pour me retrouver CDD contrat jeune à l'hypermarché de Mantes-Nord. Je sais que je suis fière, que je ne suis pas à ma place, que « je me crois », comme elles disent. Mais quand on vient d'un pays muselé, vampirisé de l'intérieur et affamé par l'embargo, privé de livres, d'alternative et de liberté, leur résignation sous les néons, leurs petits songes mesquins d'un destin planifié, soumis aux coucheries, aux maris, aux bébés, aux promotions, aux dettes, sont peut-être les plus grandes blessures que j'ai reçues dans ma vie, parce que c'est la première fois que je me sens en danger de renoncer. Josiane, Marjorie, Vanessa et les autres commencent à déteindre, je le sens bien. Je n'ai plus personne sur terre pour me redonner des couleurs, depuis que Fabien est en prison et que sa guitare s'est tue.

Monsieur Nicolas Rockel, carte Visa Premier 4544 0028 2617 2904, validité 05.01, qui que vous soyez, je vous appelle au secours. Votre fantaisie, votre détresse, vos caddies incompréhensibles et votre attention gentille, sans arrière-pensées, m'empêchaient de sombrer quatre fois par semaine. N'arrêtez pas de venir, s'il vous plaît. Je me dis que c'est pour vous seul que je reste encore dans cette grande surface ; je finis par y croire et vous ne savez pas le bien que cela me fait.

# 9

– Raoul, pardon de mettre ce papier entre nous, mais ce n'est pas une histoire imaginaire que je vais te raconter ce soir. C'est notre histoire à nous. Il faut que tu sois certain d'une chose, qui ne changera jamais, je te le jure : je suis tombé amoureux de deux personnes à la fois, il y a quatre ans et demi, dans le bus d'Air France. Et même si un jour ta mère rencontre quelqu'un, comme toi tu as rencontré Ludovic Sarres, et, depuis, mes contes de fées et mes jeux ne t'intéressent plus, je le sais bien...

J'avale ma salive, les paupières tremblantes, l'air désarmé, pitoyable dans la glace de la salle de bains, comme lorsque j'essaie de dissimuler mon début de tonsure sous des mèches rebelles. Je prends appui sur le lavabo pour relancer les phrases que je croyais savoir par cœur et qui me fuient, s'emmêlent et se délitent chaque fois que je répète ma scène d'explication.

– ... mais ça ne fait rien. Je serai toujours le même, Raoul, je serai toujours ton père numéro deux, même si ta mère a rencontré un numéro trois. C'est la vie, tu sais. Et puis je ne serai pas loin, tu pourras venir quand tu veux, et ça sera même super : tu auras une chambre de plus. Comme tes copains qui ont des parents divorcés : ils sont très heureux, tu le vois bien, ils sont deux fois plus gâtés. Et puis, toi et moi, on fera des choses qu'on n'a jamais pu faire, avec ta maman, des trucs d'hommes... Par exemple... je ne sais pas...

Un bruit ponctue mon hésitation. Un craquement de parquet, ou l'armoire du couloir qui gémit quand on marche à proximité. Le cœur dans les talons, j'attrape mon rasoir pour avoir l'air de faire quelque chose, et je vais jusqu'à la porte. Raoul se dirige lentement vers l'escalier, la tête basse, les mains dans les poches.

– Raoul ?

Il se retourne, me dévisage avec l'air ennuyé, normal, qu'il prend lorsqu'on lui demande s'il s'est lavé les dents après manger. Rien ne passe dans son regard. Il n'a pas dû entendre. Il devait descendre du grenier, ou bien monter discrètement chercher ses rollers que j'ai planqués dans la salle de bains, officiellement confisqués, par solidarité forcée envers sa grand-mère avec qui il s'est montré grossier, hier midi, et je me suis cru tenu de sévir alors qu'elle me gonfle autant que lui avec cette manie de faire taire les enfants à table. Tout le monde n'a pas la chance, comme elle, de n'avoir rien à dire. En voyant que j'étais dans la salle de bains, il a aussitôt rebroussé chemin.

Pour en être certain, je propose sur un ton neutre :

– Tu veux tes rollers ?

Son visage s'illumine instantanément, et le mien aussi. Fausse alerte. Il me dit que je suis génial ; je lui recommande la discrétion.

– Ça va, me rassure-t-il, elle fait la sieste.

Je lui rends son clin d'œil. Comment gâcher sa joie, briser le monde que j'ai construit autour de lui, brouiller ses repères, jeter le doute sur sa mère ? Jamais je n'aurai la force, ni la faiblesse. Après tout, c'est à Ingrid de lui parler. Et tant mieux si elle n'y arrive pas, et tant pis si elle renonce à me quitter uniquement parce qu'elle n'aura pas réussi à le lui dire.

Je l'observe dans le miroir tandis que je me mets sur la pointe des pieds pour attraper les rollers au-dessus de l'armoire à pharmacie. Il a de nouveau le visage grave, renfermé, le regard vide. Soudain l'idée qu'il me donne le change, lui aussi, en retour, fait s'ébouler mes pauvres espoirs. Que dire, s'il m'a entendu et qu'il ne m'en parle pas ? Comment empêcher les mots de creuser leur chemin dans sa tête ? Comment répondre à son silence, effacer l'impair, le rassurer sans lui montrer que je m'inquiète ?

– Merci, Nico ! lance-t-il, à nouveau joyeux. Je vais juste au village faire un flipper avec Ludovic, et je te les rends après. T'oublieras pas de les replanquer, d'accord ?

Je promets. Il sort à reculons, la langue entre les dents, les rollers cachés dans son dos, pour me prouver que sa grand-mère, même si elle se réveille, n'y verra que du feu. Je grimace un sourire, et me laisse tomber sur le tabouret lorsqu'il a disparu. Ludovic Sarres est au Futuroscope de Poitiers avec son père, aujourd'hui. Raoul les aurait accompagnés s'il n'était pas puni. Je n'ai plus qu'à souhaiter que ce mensonge ait une vraie raison, et ne soit pas seulement une improvisation destinée à justifier le prétexte des rollers que je lui ai fourni.

J'hésite à le rattraper, à lui poser la question franchement. Mais, le cas échéant, ça ne ferait que renforcer le mutisme par lequel, instinctivement, il se protège.

Toute l'après-midi, je me dis que j'ai bien fait de ne pas insister, je me persuade que je me suis monté la tête : il ne m'a pas entendu, il ne soupçonne rien ; les seuls secrets qui le préoccupent sont des histoires de copains, de fâcheries ; des soucis de son âge.

Je ne sais pas si c'est le soulagement auquel je m'astreins ou la situation dont je commence à prendre mon parti, mais à six heures et demie, tandis que ma belle-mère et les ornithologues regardent le Tour de France à la télé, je pars pour la grande surface en éprouvant, sans doute pour la première fois depuis le 6 juillet, un début de légèreté.

– Tu m'achètes du vinaigre de framboise ? me lance de loin Ingrid.

Elle est en train de nourrir ses oiseaux dans le soleil déclinant, entourée d'un nuage piaillant, d'harmonie de couleurs et de plumes arrachées par les luttes entre espèces. Je reste immobile à graver cette image en moi. Je n'ai pas mal, ce soir. Ce n'est pas que je me sois résolu à la perdre, mais une sorte de douceur, d'apaisement dilue le désespoir. Il faut avoir senti en soi la montée du suicide, cette fusion froide, cette boule de courage qui enfle et durcit jusqu'à étouffer l'idée même de lâcheté, pour apprécier le pouvoir incroyable du supplément de vie qu'on s'accorde. Je ne crois plus que je me tuerai. Mais je ne regrette pas de m'être approché si près de la glace noire. Je me revois, de nouveau. Je me reconnais. L'amour est plus fort que la perte de l'amour. Si jamais Ingrid me revenait, un jour, c'est la seule leçon que je veux retenir de ma descente aux enfers.

Je m'avance vers elle, au milieu des oiseaux qui se disputent les graines. Elle me regarde en clignant des yeux, cache le soleil avec son avant-bras. Je lui murmure :

– Tu es la femme de ma vie.

– Quoi ?

Elle n'a pas entendu, à cause des pies qui ont opéré un raid sur la mangeoire des mésanges. Ça ne fait rien. Je voulais dire qu'elle ne serait plus la cause de ma mort ; je le sais désormais. Je lui souris, l'attire contre moi. Elle se laisse faire en gémissant non. Mais l'évidence de notre désir est plus forte que tous les refus qu'elle invoque. On s'embrasse à pleine bouche, ses ongles entrent dans mon cou et je me presse contre elle. Je murmure :

– Si on se quittait bons amants ?

Elle soupire, me caresse la joue, me dit avec tendresse que je n'ai rien compris, et que c'est bien mieux comme ça, et qu'elle m'aimera toujours, et que rien n'est joué d'avance, et que s'il n'y a plus de vinaigre de framboise je peux prendre du vinaigre de cidre : c'est pour la sauce des ris de veau. Elle me fait pivoter et me renvoie vers ma voiture. Et je suis heureux. Et j'y crois de nouveau. Et je revis.

Au moment où je lance le moteur de la Triumph, je vois l'Anversois débouler de la maison, enthousiaste. Il lui lance quelque chose en flamand. Elle pousse un cri de joie. Ça ne me fait rien. Le retour de l'espoir ne me rend pas plus jaloux que le renoncement auquel j'avais cédé. Simplement, quand il la prend dans ses bras, en copain, et qu'elle lui effleure la joue, refaisant le geste qu'elle a eu pour moi l'instant d'avant, mon sourire tourne court. Je n'ai pas besoin d'être le seul homme de sa vie – mais ça me déchire qu'elle soit la même avec un autre.

# 10

Il me regarde de loin, par-dessus les bouilloires électriques. Cette fois, je mesure vraiment combien il m'a manqué. Mais il aurait pu venir un autre jour : je me suis efforcée d'être aussi moche que possible en prévision de la soirée. Queue-de-cheval pour laisser voir les cicatrices sur mes joues, chemise à carreaux, col fermé, salopette en coton inaccessible et gros mascara non-waterproof qui fera des ravages : M. Merteuil m'a laissé le choix du programme et j'ai décidé de revoir un film où j'ai beaucoup pleuré. En plus, je m'applique depuis ce matin à faire la gueule pour qu'il en conclue que j'ai mes règles : cela me demande une grande concentration et je risque de compromettre d'un coup les bienfaits de huit heures d'entraînement.

– Bonsoir.

– Bonsoir, monsieur.

Voilà, j'ai souri. C'est plus fort que moi ; je n'ai

aucune volonté quand je me sens en confiance. Heureusement j'ai l'impression que l'échange sera bref : il dépose en tout et pour tout sur le tapis une bouteille de vinaigre et des mules en éponge vert pomme. Je le regarde, perplexe.

– Vous collectionnez.

– Pardon ?

– Les pantoufles. Vous en avez acheté trois paires, la semaine dernière.

Il se trouble. Je crois que c'est la première fois que nous nous disons quelque chose d'intime. Il paraît gêné, surpris, flatté ou confus, je ne sais pas.

– Vous êtes physionomiste.

Je réponds, pour ménager sa pudeur autant que la mienne :

– Vous n'avez pas les caddies de tout le monde.

Alors il avale sa salive et se penche en avant, avec une grimace navrée, sur un ton de confidence :

– Elles sont tartes, non ?

J'acquiesce en passant les mules. L'écran m'affiche le code 03 : prix inconnu en caisse.

– Vous les avez prises au rayon ou en tête de gondole ?

– Derrière les espadrilles. Ce n'est pas ma pointure, mais c'est la seule paire qui restait.

Je lui réponds qu'en effet, c'eût été dommage de la laisser filer. Il précise :

– Ce n'est pas pour la couleur, c'est pour la matière. Je n'ai pas de rideau de douche, et je me méfie des tapis de bain qui glissent sous les pieds. Les pantoufles en éponge, c'est ce qu'il y a de mieux. Mais ça sèche mal, et puis ça durcit. L'espérance de vie est très brève.

J'approuve, intriguée par ce besoin nouveau de se justifier ; sans doute la seule façon pour lui d'entamer une conversation privée avec moi. Je me mets sur la pointe des pieds pour appeler Agnès à la 15. C'est la vice-doyenne des titulaires, la mémoire vivante de toutes les références.

– Vous connaissez le prix, Agnès ?

J'agite l'article. Elle me jette un coup d'œil froid, lance une somme que je tape. En tendant ses pantoufles à mon inconnu, je regrette soudain que la compétence d'Agnès abrège ce moment suspendu. Il n'a personne derrière lui, aujourd'hui ; j'aurais pu quitter ma caisse illégalement pour aller chercher avec lui une étiquette au rayon, poursuivre notre entretien en meublant le silence du trajet, tenter de savoir à mon tour quelle image il a de moi, et au diable mes scrupules : il me serait resté vingt minutes pour me refaire une laideur avant la fermeture.

Il me donne un billet. Je lui rends la monnaie, nous allons nous dire au revoir. Je risque :

– Bonne soirée, monsieur Rockel.

Il sursaute. Une panique, un refus passe dans ses yeux, disparaît aussitôt. Il se raisonne : je ne connais pas sa vraie vie, je ne sais de lui que ce qu'il me laisse inventer ; j'ai retenu le nom qui figure au bas de sa carte bleue, c'est tout. Son regard se pose sur mon badge, remonte immédiatement vers mes yeux, de peur que je n'imagine qu'il s'intéresse à mes seins.

– Bonne soirée, César.

Je souris :

– Il n'y a pas de quoi.

Il reste en appui sur un pied, les doigts serrant la barre du chariot. Il ose :

– Ce n'est pas non plus le prénom de tout le monde.

J'adore cette référence tardive à ma réflexion de tout à l'heure. C'est si rare, un homme qui écoute ; presque aussi rare qu'un homme qui retient.

– Cela n'a rien d'original, dans mon pays. Ce n'est pas la bonne orthographe ; il y a un *s* à la place du *c* et un *z* au lieu du *s*, mais le directeur adjoint de la logistique m'a proposé de l'écrire à la française. J'étais très flattée, c'était un grand honneur pour moi. Depuis, je me suis rendu compte que c'était plutôt ridicule, chez vous, une femme qui s'appelle César.

Il passe les ongles dans la barbe de trois jours que je lui ai toujours connue. Il laisse durer le silence, immobile, malgré le chariot qui s'est engagé derrière lui deux minutes plus tôt. Il répond :

– Non.

Le client suivant s'impatiente en tapotant les paquets de café déposés sur le tapis dont je n'ai toujours pas actionné le roulement.

– A bientôt ?

Il incline la tête sans me regarder, et il s'en va. J'encaisse les vingt lots de Carte Noire en promotion. Pourquoi suis-je tant émue par cet homme qui s'éloigne avec un chariot presque vide ? La bouteille, mal calée par les pantoufles, tinte contre le métal à chaque fois que les roulettes passent sur un joint du revêtement. C'est sa dignité qui me bouleverse. Sa dignité dans la solitude et le mensonge. Je pense à mon grand-père, qui m'a fait quitter l'enfer de l'Irak à plus de soixante-dix ans avec son violon pour tout bagage, pour toute ressource. Je pense aux deux ans d'attente de visas en Jordanie où il gagnait notre vie dans un orchestre d'hôtel. Puis aux six mois et demi à Vancouver où il était si content d'avoir trouvé ce club privé dont il nous décrivait l'ambiance élégante avec des trémolos dans la voix. Il partait y jouer chaque matin, ne rentrant qu'à minuit, voûté, l'étui si lourd au bout de sa main gantée.

On l'a retrouvé le soir de Noël, au sommet de Grouse Mountain, près du téléphérique, à demi gelé dans la neige. Il n'avait jamais travaillé comme musicien, depuis notre entrée au Canada. Sans doute ses rhumatismes ne lui permettaient plus de manier l'archet ni de pincer les cordes. A mon insu, à l'insu des cousins kurdes qui nous hébergeaient et auxquels il reversait tout son salaire, il était devenu perchiste à la station de ski surplombant Vancouver.

Pourquoi faut-il qu'un an plus tard, à douze mille kilomètres de distance, je ressente un lien si fort entre ce vieillard à bout de forces et ce jeune homme finissant, qui joue à être quelqu'un d'autre dans mes yeux tout en me laissant voir une souffrance que peut-être il dissimule à sa famille, à la femme dont il porte l'alliance, à l'enfant qui n'est jamais avec lui, aux miroirs qui lui renvoient sa solitude ?

# 11

Il a fini son steak haché tandis que nous attaquions les langoustes, il se lève en déclarant qu'il a une émission à voir. Il l'a dit sur un ton agressif, en direction de sa mère qui m'interroge du regard. Sa grand-mère proteste : lorsqu'elle était enfant... Je donne ma permission à Raoul, qui se dirige lentement vers l'intérieur de la maison. Vexée, Mme Tinnemans redescend dans son assiette fracasser la carapace au casse-noix.

La femme du dresseur de mouettes soulève une paupière pour m'informer de sa voix d'outre-tombe que le ponceau 4 R, qui colore en rouge le chorizo, est un génotoxique interdit aux États-Unis. Je compatis. Elle me tend son verre. Elle est en dépression depuis trois ans chez Nestlé pour des raisons que je n'ai pas bien comprises, liées à un petit-suisse dont elle était chef de produit. Nous avons déjà vidé à nous deux la bouteille de puligny-montrachet. Les autres ne boivent pas, ne boivent plus ou bien boivent en cachette. Ingrid a juste trempé ses lèvres dans le champagne des hors-d'œuvre dont les bulles montent pour rien dans sa flûte, à la lueur des bougies qui parfument les moustiques à la citronnelle.

En allant chercher une autre bouteille, je traverse le salon où Raoul, enfoui au milieu du canapé, tient sa télécommande comme une canne à pêche. Mais il n'est pas en train de zapper, contrairement à son habitude. Il regarde fixement une émission où des enfants de divorcés choisissent le fiancé idéal pour leur mère. Les gamins font passer des épreuves à chaque postulant : quel tube il lui chanterait pour la séduire, combien de temps il tient sur des rollers, comment il danse le rap, quel jeu il ferait avec eux pendant qu'elle travaille... Ils mettent des notes. La mère écoute en coulisses, et apparaît à la fin pour voir quel candidat ses mômes lui ont sélectionné. Les quelques fois où nous avons regardé ces conneries, tous les trois, c'était en rigolant dans le canapé. Des larmes coulent des yeux de Raoul, dans la glace au-dessus de la cheminée.

Je vais jusqu'à la cuisine, comme si je n'avais rien vu, comme s'il n'avait pas remarqué ma présence. Je vérifie la cuisson des ris de veau, qui ont attaché malgré deux litres de sauce. Louisette a choisi le dîner d'anniversaire pour piquer sa crise de goutte mensuelle, et j'ai pris encore un coup de vieux en constatant combien j'avais perdu la main devant un fourneau. Ingrid me rejoint, me désigne la porte d'un regard inquiet. J'acquiesce en débouchant le bourgogne. Lorsque nous revenons dans le salon, il a éteint la télé et grimpe l'escalier en disant qu'il va se coucher.

– Et le gâteau ? proteste Ingrid.

Il réplique sèchement, sans se retourner :

– On est au régime !

La porte claque derrière lui, en haut des marches. D'un geste brusque, je prends le plateau des mains d'Ingrid :

– Va l'embrasser et dis-lui que je monte pour l'histoire, dans cinq minutes.

– Tu vas lui dire ?

– A ma façon. Ne t'inquiète pas.

Quand elle se redresse avec les fourchettes que j'ai laissé tomber, je vois dans son regard un appel au secours, un refus de l'exprimer, un secret sans mots de passe. Il y a autre chose qu'une liaison dans sa vie. J'en suis sûr. Elle se dérobe et, à la fois, elle voudrait que je comprenne ce qu'elle n'arrive pas à m'avouer.

– On s'en sortira, murmure-t-elle.

– Évidemment.

J'aurais voulu empêcher l'agacement dans ma

voix. Partager le désarroi qu'elle me tend, au lieu de lui assener l'optimisme aveugle et péremptoire qui trop souvent me sert de masque. Elle monte les marches dans sa robe rouge fendue que j'aime tant. Le port de Saint-Tropez en hiver, notre première année. Elle préférait la bleue, je lui ai acheté les deux ; elle n'a jamais mis que la rouge. Comment peut-elle me rejeter en continuant de vouloir me plaire ? Tout à l'heure, quand on faisait la cuisine ensemble, je lui ai dit, sans reproche, sans regret, sans vouloir avancer d'argument, dans le seul élan de la franchise, que je la trouvais de plus en plus belle. Elle m'a dit merci, comme ça, et puis, beaucoup plus gravement, elle a ajouté en me serrant le poignet :

– Tant mieux.

Ce n'est pas de la cruauté, de la désinvolture ou du masochisme. Ce sont des perches qu'elle me tend, peut-être. Je sais le poids des silences que je laisse s'installer ; je sens bien que je croule sous les allusions que je ne relève pas. Mais je suis déjà trop bourré pour pouvoir faire autre chose que souffrir.

Je retourne à table assurer la permanence auprès des figurants, les yeux sur la lumière bleutée dans la chambre de Raoul, au-dessus de la glycine. Les ornithologues parlent entre eux, la dépressive de chez Nestlé s'est rendormie, l'adolescente me fait du genou sous la table, ma belle-mère énonce des idées générales qu'elle attaque d'un ton définitif et qui s'arrêtent en route, sans que personne ne la relance. Je les invite à attaquer les ris de veau qui refroidissent.

Ingrid redescend. Mme Tinnemans lui demande avec réprobation si le petit est malade ou bien, points de suspension. Sans répondre, Ingrid me fait signe, d'un battement de paupières, que je peux monter pour l'histoire.

Je me lève et j'y vais, avec un poids sur la nuque, une démarche ralentie qui n'est pas due qu'à la migraine. L'envie, pour la première fois, que tout soit terminé et que je me retrouve seul pour de bon dans une vie nouvelle, sans plus croire que le bonheur passé peut encore triompher du présent.

Je m'avance entre les vêtements jetés en boule que d'habitude sa mère ramasse. Il est plongé dans un manga, ces bandes dessinées japonaises que lui prête Ludovic Sarres et qui ont remplacé mes *Astérix*, mes *Bidochon* et mes *Spirou*. Je prends ma place à la tête du lit, sous la lampe où se décollent les restes d'un Marsupilami qui a fait son temps.

– Que veux-tu comme histoire ?

– Tu me branches le diffuseur ?

Je me baisse pour introduire dans la prise multiple la boule de liquide antimoustiques, et me relève en commençant, mon courage à deux mains :

– Il était une fois au large de la Corse une famille de dauphins qui s'appelait les Calvi...

– Comme le pharmacien ? s'informe-t-il distraitement en tournant une page.

– Non, c'est un homonyme. En fait, les dauphins se donnent des noms qu'ils voient passer sur les bateaux. Ça ne te dérange pas si je parle pendant que tu lis ?

– Non, ça va, me rassure-t-il sans détourner les yeux des cases sanguinolentes où des robots font l'autopsie d'un être humain pour voir comment ça marche.

Je réprime à poings fermés l'envie de balancer cette saloperie à travers la pièce, et j'enchaîne :

– Il y avait donc Mme Calvi, M. Calvi et Calvi junior. Et puis un jour, Mme Calvi dit à son mari : « Chéri, il nous faudrait quelqu'un de plus. » Parce que les dauphins, la nuit, ils ne peuvent jamais dormir ensemble, sinon ils se noient : ils doivent monter respirer à la surface toutes les dix minutes. Donc il faut toujours qu'un des deux garde les yeux ouverts pour réveiller l'autre, et ce n'est pas très marrant, dans un couple... Surtout avec un enfant, parce que non seulement...

– A quoi on les reconnaît, alors ?

Il a refermé soudain sa BD en me coupant la parole.

– Qui ça ?

– Les fées.

Je reste ballant devant son lit. On dirait qu'il poursuit, comme si je venais de m'interrompre, la conversation de la semaine dernière. Est-ce pour me faire changer d'histoire, parce qu'il voit où je veux en venir avec mes trois dauphins ? La fixité de son regard, la dureté avec laquelle il me dévisage me rendent très mal à l'aise. Jamais je n'ai eu cette impression d'être jugé, disqualifié, remis à ma vraie place.

– A quoi on les reconnaît ? répète-t-il avec impatience, comme un prof qui s'acharne sur l'élève qui visiblement ne sait pas sa leçon.

Pris de court, je réponds :

– Ça dépend.

– De quoi ?

– De toi. N'importe quelle fille que tu rencontres peut être une fée.

– Mais comment je le sais, alors ?

Son cri du cœur a effacé d'un coup sa rigueur, sa rancune. Il n'y a plus dans ses yeux que le reflet de l'injustice. Je prends une longue inspiration en écartant les bras, fataliste, comme si la réponse était en lui : je ne peux que le mettre sur la voie. Il suggère, timidement :

– Faut que je fasse trois vœux, pour voir si ça marche ?

– Par exemple.

– Mais j'aurai l'air blédi si ça marche pas !

Sa bonne volonté, ses efforts pour se raccrocher encore à mes légendes périmées, malgré Ludovic Sarres, malgré la confiance que j'ai trahie tout à l'heure dans la salle de bains s'il m'a entendu répéter ma scène de rupture, me bouleversent. On dirait qu'il me laisse une dernière chance, qu'il m'ouvre un dernier crédit pour que je démente la réalité des autres, pour que je lui prouve qu'il a raison de me croire *moi*.

– Fais attention à ce que tu dis, Raoul. Débile, en verlan, ça fait « bildé ». Pas « blédi ».

Il me remercie en disant merde, avec un coup de poing dans le bois du lit. Pauvre petit homme qui essaie de se couler dans le moule des autres pour être moins seul, moins différent, plus grand. Je regarde le double mètre accroché au mur, avec les traits de croissance datés, si proches les uns des autres. A vingt centimètres au-dessus de la dernière marque, il a inscrit : 1er janvier 2000. C'est son objectif, son rêve, sa prière. C'est dans cinq mois.

– Et à partir de quel âge ça peut être des fées, les filles ?

– Dix-huit, vingt ans...

Il a jeté son manga, replié ses lunettes. Il ne me met plus à l'épreuve : il se documente.

– Tu en as rencontré beaucoup ?

– Je ne sais pas. J'ai rencontré ta mère.

– C'est pas une fée ! dit-il dans un sursaut, comme si c'était une insulte.

– Non. Je veux dire que, depuis, je n'ai plus rien d'autre à leur demander, tellement je suis heureux avec vous.

– Et pourquoi elles le disent pas, qu'elles sont des fées ?

Son inquiétude est redevenue de l'hostilité.

– Beaucoup de filles sont des fées qui s'ignorent ; elles ne savent pas qu'elles sont magiques. Dieu les a mises sur terre pour qu'on les réactive. Un peu comme ces espions que les Russes nous envoyaient : ils leur avaient lavé le cerveau pour qu'ils soient amnésiques, qu'ils oublient leur rôle, qu'ils croient en leur fausse identité, et puis un jour on leur dit au téléphone un mot de passe qui les réveille, alors ils accomplissent la mission pour laquelle on les a programmés.

– Mais à quoi on les reconnaît, si elles sont comme les autres filles ?

Visiblement les Russes, comme les dauphins, il s'en cogne. J'incline l'abat-jour de sa lampe articulée qui me fait mal aux yeux.

– Elles ont des signes particuliers, quand même. D'abord elles sont gentilles, elles n'ont l'air de rien, elles sont jolies, mais il y a toujours quelque chose qui cloche.

– Quoi ?

– Par exemple elles sont un peu trop petites... Elles ont une coupe de cheveux qui leur cache les joues, pour qu'on ne voie pas les marques...

– Les marques de quoi ?

– C'est la maladie des fées. Quand on leur demande d'exaucer un vœu, elles réfléchissent en se grattant les joues, alors, à force de réfléchir, elles ont des marques.

– Mais si elles exaucent les vœux, c'est qu'elles savent qu'elles sont des fées.

J'avale ma salive. C'est curieux comme les effets de la migraine et du vin blanc se dissipent à mesure que je me creuse pour lui trouver des réponses. Ou bien c'est le fait d'avoir invité dans sa chambre le visage de la petite caissière, d'avoir supprimé la cloison entre les deux mondes dans lesquels je me dilue depuis le début du mois.

– Eh bien non, justement. Elles oublient, d'une fois sur l'autre. Elles exaucent les trois vœux auxquels on a droit, et puis ça les épuise tellement qu'elles perdent la mémoire. Alors il faut les recharger.

– Avec trois autres vœux ?

– Voilà.

– C'est pareil que si on remet des piles ?

– Pas exactement. C'est comme toi, à l'école. Tout ce qu'on t'apprend, tu le savais déjà, avant de naître, mais tu as dû l'oublier pour qu'on te le réapprenne, sinon où est le plaisir ? Une fée aussi, ça se remet en marche. L'éducation, en fait, c'est toujours de la rééducation.

Il rentre ses lèvres, les sourcils froncés.

– Si je demande au petit Jésus de m'en envoyer une, il va le faire ?

J'acquiesce à demi, les yeux dans ses yeux. Je lui dis qu'on ne sait jamais. Il se tait, pensif, remonte sa couette pour mordiller le bout. Je risque, sur la pointe de la voix :

– Qu'est-ce que tu voudrais lui demander, à cette fée ?

– Ça te regarde pas, dit-il en se retournant d'un coup de fesses.

J'éteins sa lumière. La rumeur du dîner se faufile dans la chambre, par la fenêtre ouverte. Je reste immobile, à lui caresser l'épaule. Au bout de quelques instants, comme je l'entends renifler dans son oreiller, j'essaie de reprendre le fil de l'histoire destinée en principe à le rassurer, à délayer ses soupçons dans la fiction, à le persuader que l'avenir ne changera rien pour lui :

– Et donc le père Calvi dit un jour à son fils : « Voilà, ta maman a rencontré un autre dauphin, mais ça va être super : ça te fera un papa de plus. Comme ça, il y en aura toujours un avec toi, quand l'autre dormira avec ta maman. » Alors Calvi junior...

– Je dors !

La main sur le montant du lit, je ravale ma phrase, lui embrasse les cheveux, et je redescends dans le monde des grandes personnes. Elles ont fini le fromage. Je dis à Ingrid de ne pas bouger, je rassieds ma belle-mère, je précise que je m'occupe de tout, et je débarrasse la table. Mais pas au sens où je le voudrais : je me contente d'enlever les couverts au lieu de virer les convives. Je balance leurs restes à la poubelle. Je rince leurs saletés avant de les mettre au lave-vaisselle, j'allume les bougies musicales, j'éteins les spots du poirier, je leur apporte le gâteau. Ils m'applaudissent. Ils félicitent Ingrid. De quoi ? D'avoir quarante-cinq ans et de me fermer son lit au nom d'un compte à rebours ? Ou de se dépêcher de vivre une autre histoire d'amour avant qu'il ne soit trop tard ? Ils lui chantent happy birthday. La nymphette hollandaise me promène sa langue d'une lèvre à l'autre, le regard filtrant. Je décalotte la bouteille de champagne en me demandant lequel j'ai le plus envie d'éborgner. Le bouchon part tout seul, dans les branches du tilleul. Ingrid souffle ses bougies. Ils l'acclament. Ils sortent les paquets dissimulés sous leurs chaises, les apportent avec des airs de fierté modeste. Seule la belle-mère reste assise, les doigts joints, le sourire indulgent : elle se garde pour après.

Ingrid embrasse tout le monde, ouvre ses cadeaux. Le mien repose au fond d'un tronc, à l'église du village, depuis samedi soir. C'était une alliance, en remplacement de celle qu'elle avait perdue à la Pentecôte sur une plage de Corse, pendant nos dernières vacances à trois.

– Tu lui as parlé ?

– Je t'ai préparé le terrain.

Elle hoche la tête. Les invités repartent demain, et c'est la dernière nuit où je fais semblant de monter dormir dans notre chambre, avant de regagner mon bureau – pour tromper qui ?

– Regarde le cadeau qu'il m'a fait.

Elle me tend un dessin. Une maison pleine d'oiseaux, avec une femme et un homme tenant la main d'un enfant, au-dessous d'un fantôme qui sourit sur un nuage en disant dans une bulle énorme :

« Bon anniversaire Ingrid ! » Je détourne la tête. Les odeurs de la chambre, ses vêtements sur la chaise, ma table de chevet déserte et ce dessin du bonheur... J'essaie de répondre avec le minimum d'agressivité :

– C'est le même que l'année dernière.

– Oui... Mais c'est la manière de le donner. Tu aurais vu sa tête, ce matin... Il est venu à six heures. J'ai dit que tu travaillais déjà... Il a posé le dessin à ta place, et il est reparti. Nicolas... pardon.

Elle s'appuie contre moi, pose sa tête sur mon épaule. Je ne bouge pas.

– Un jour j'essaierai de t'expliquer... Je ne peux pas, en ce moment, je ne peux plus... Ces trois jours où j'ai dû faire semblant devant les autres...

– Et maintenant ? Demain ? Il va se passer quoi ?

Je ne peux plus retenir ma brutalité. J'ai trop mal pour continuer de feindre. Elle se détache. La bouche remuante, les yeux mouillés, les mains sans prise. On tape à la porte. J'ouvre d'un coup. Mme Tinnemans. Elle demande d'un ton affirmatif si elle ne nous dérange pas, et précise, en glissant une enveloppe à sa fille, qu'elle ne voulait pas que les gens se figurent. Je lui donne raison. Elle se cabre, instinctivement. L'attention que je lui prête depuis trois jours la désarçonne. Cette Wallonne imposante au chignon figé en coquille d'escargot, le col fermé par une croix d'argent, qui ne s'exprime que par des points de suspension et des airs entendus, m'est devenue brusquement intéressante, cet été, comme si ses non-dits pouvaient m'aider à déchiffrer ceux de sa fille.

L'enveloppe-cadeau contient deux aller-retour open Paris-Venise. Toujours ces moyens détournés pour qu'on lui confie Raoul qui ne veut jamais aller chez elle à Namur, tellement il s'y embête. Je laisse monter à mes lèvres un sourire dérisoire en m'imaginant annoncer à belle-maman que, cette fois, si elle doit garder l'un de nous trois, ce sera moi. Ingrid l'embrasse, moi aussi. Elle minimise, on proteste : il ne fallait pas, mais si, quarante-cinq ans pour une femme, vous savez Nicolas, on a beau dire, mais tant qu'on est deux, allez dormez bien.

Elle referme la porte derrière elle. Ingrid passe les mains dans ses cheveux, tendue, la nuque raide, comme chaque fois qu'elles se voient. Dans sa famille, on est veuve de mère en fille. Mme Tinnemans m'a dit, le jour du mariage, sans doute l'une des seules phrases complètes que j'aie entendues tomber de sa bouche : « Pourvu que vous, au moins, elle vous garde. »

Je m'assieds dans le fauteuil Voltaire. Ingrid se pose au bord du lit, le billet d'avion sur les genoux, le regard au sol.

– C'était gentil de sa part, dis-je pour dédramatiser.

– Tout le monde t'aime, répond-elle d'une voix neutre. Tu es une bénédiction dans ma vie. Tu nous as sauvés, tu nous rends tous heureux, que veux-tu que je te dise ? Ma position est indéfendable.

Je laisse le silence lui répondre en écho. A quoi bon discuter, s'escrimer, lui arracher les mots, chercher des arguments ? Je me suis consumé devant elle sans résultat, j'ai tenté en vain le compromis de la tendresse amicale, et je n'attends rien non plus de la froideur compréhensive dans laquelle j'essaie de maintenir à présent ma douleur, par dignité, par égard, par osmose.

Elle va jusqu'à sa coiffeuse, s'assied devant la glace pour ôter ses lentilles.

– Si seulement je ne t'aimais plus, soupire-t-elle.

– Je fais ce que je peux, dis-je en me levant.

Je marche vers la porte. Elle ne me retient pas. Je lui annonce que demain, j'ai un rendez-vous à Rouen. Elle prend acte. Je quitte la chambre, en lançant d'une voix claire et normale, si jamais quelqu'un nous entend :

– Je vais travailler un moment. A tout à l'heure.

La porte se referme sur son « oui », qui demain n'aura plus de raison d'être.

Sur la pelouse, adossé à la volière, l'Anversois

fume un pétard en observant les étoiles. Dans son français brinquebalant, il me raconte qu'ils ont obtenu le feu vert des autorités sri-lankaises pour aller étudier la fauvette de Ceylan. Je le complimente, sans avoir besoin de lui demander qui ce pluriel englobe. Je revois Ingrid lui sauter au cou, à sept heures moins le quart. Il me tend son joint. Je fais non de la tête. Il me regarde partir vers mon bureau en me souhaitant bonne nuit.

Je me tourne et me retourne dans le canapé-lit. Je me lève pour prendre un somnifère, je le jette. Il est deux heures du matin. Toutes les fenêtres sont éteintes, en face. Je retraverse la pelouse. Elle est seule dans notre chambre et je suis presque déçu. C'est si facile de rejeter la responsabilité sur une tierce personne, alors que le problème est en nous.

Dos tourné à la clarté de la lune, elle me demande si j'ai oublié quelque chose.

– Il y a une autre femme dans ma vie.

Elle se tait. Elle ne se retourne pas. Elle envoie le bras dans son dos, m'ouvre la main. Lui parler de César ? D'une histoire encore vierge, d'un fantasme qui pourrait glisser dans la réalité si je le souhaitais ? Non. Ça ressemblerait à un chantage, à une mesure de rétorsion. Je ne veux pas la menacer, je veux la surprendre. La ramener en arrière, lui prouver qu'elle ne me connaît pas totalement, que moi aussi je peux être un étranger, une part d'ombre, un homme neuf. Et vérifier, en même temps, si des soupçons qu'elle aurait gardés pour elle ne nous ont pas contaminés à mon insu.

Assis au bord du lit, les doigts mêlés aux siens, le regard dans ses cheveux, je laisse ma voix briser le silence, les non-dits, les mots couverts ; toutes ces fausses connivences qui ont eu raison de notre harmonie.

– Je ne t'ai pas trompée, Ingrid : je la connaissais avant toi. Mais je n'ai jamais voulu l'oublier, l'effacer à cause de nous... Pour te le reprocher ensuite. Tu comprends ?

Elle ne répond pas. Le vent rabat les volets.

– Je n'ai jamais pu t'en parler, prononcer son nom... Je te disais : j'ai un séminaire, un voyage d'étude, un Salon du jouet... J'ai cru que c'était possible d'être fidèle à deux femmes à la fois, de mener de front deux histoires sans rien abîmer, sans rien casser... J'ai cru que tu ne te doutais de rien, puisque tu ne me posais pas de questions. Et tu me regardais me taire, mentir, penser que je vous protégeais l'une de l'autre alors que je vous rendais toutes les deux malheureuses – depuis quand ?

Depuis quand tu le sais ? Depuis que tu éteins la lumière pour faire l'amour ? Depuis que je ronfle ?

Un soupir, une pression sur mes doigts. C'est tout. Je n'attends pas de réponse, je n'espère que des questions, mais elle se tait. Elle me laisse aller jusqu'au bout.

– On s'est connus en Savoie, sur la tombe de mon père. C'est elle qui m'avait prévenu ; on était seuls à l'enterrement. C'était sa dernière compagne. J'avais deux ans de moins qu'elle. Il lui avait parlé de moi plusieurs fois, et toujours d'une façon différente : j'étais son remords, j'étais sa fierté, j'étais un poids... A moi de choisir. On le pleurait de la même manière, tous les deux : on l'avait aimé pour ses défauts, ses mystères, sa façon d'accélérer la vie dès qu'il revenait sans prévenir, sa générosité d'égoïste, son indifférence qui était peut-être une forme de respect, un refus d'attacher les autres par leurs sentiments...

Mes mots reprennent possession de la chambre ; je parle aux meubles qu'on a choisis ensemble, à la robe rouge sur la chaise, au miroir où je ne la verrai plus jouir, à la nuque immobile sur l'oreiller...

– On a quitté le cimetière, on a échangé le peu qu'on savait de lui, et on a fait l'amour. A sa mémoire. J'ai plaqué le lycée pour vivre avec elle. Presque tout de suite, elle est tombée enceinte. J'avais dix-huit ans, rien devant moi, elle non plus.

On se disait : on verra bien. Elle l'a perdu à six mois, dans un accident de car. Elle a mis des années à s'en remettre. Et cet enfant qui n'est pas né... Il est toujours là, entre nous. Comme mon père.

– Pourquoi tu ne m'en as jamais parlé ?

Les mots s'enfoncent au creux de la taie. Elle n'a pas bougé, ne s'est pas retournée ; c'est à peine si sa respiration soulève un peu plus le drap jaune.

– Ce n'est pas contre toi que je l'aime. C'est un merveilleux souvenir, pour moi. Et une blessure qui ne s'est jamais refermée. Elle a refait sa vie plusieurs fois, comme moi ; on se retrouvait pendant les entractes. On comparait nos erreurs, nos échecs... Elle a tout de suite senti qu'avec toi, ce serait la passion. J'aurais tellement voulu qu'au même moment, elle rencontre un homme qui la rende heureuse...

– Elle me connaît, elle m'en veut, elle me déteste ?

– Elle m'aime comme je suis, c'est-à-dire avec toi. Il n'y a pas d'ambiguïté.

Le son qui meurt dans l'oreiller est peut-être l'écho d'un sourire. Je ne sais pas ce qu'il y a dans sa voix : dérision ou pitié, tendresse ou déception...

– Tu crois que c'est à cause d'elle que je te quitte, Nicolas ? C'est ce que tu essaies de me dire ?

– J'essaie de te dire que tu peux aimer quelqu'un d'autre sans me quitter.

Elle se retourne soudain. Il n'y a pas de larmes dans ses yeux. Pas d'hostilité, pas de soulagement ; rien qu'une violence contenue qui vient de très loin.

– Pourquoi ? Qu'est-ce que je t'ai donné, moi, à part Raoul ? En quoi je t'ai fait du bien ? Qu'est-ce que tu as construit de nouveau, avec moi ? Tu es le même qu'à l'aéroport, il y a quatre ans et demi. Exactement le même que j'ai aimé au premier regard. C'était ça, le but ? C'est par peur de me perdre que tu t'es figé ? Pour que moi aussi je reste toujours la même avec toi ? Mais où on va, Nicolas ? Où on allait ? Le bonheur, on l'a eu. Le sexe, on était bien obligés d'arrêter un jour ou l'autre, de toute manière... A quoi on s'accroche, à quoi tu veux qu'on dise « encore » ? A l'habitude, au confort, au sur-place ? On ferait comme tous ces couples qui attendent que les enfants soient grands pour vivre autre chose ? On ne mérite pas mieux que ça ?

– Tu veux que j'arrête de la voir ?

– Je ne te demande rien, merde ! Je ne suis pas ta prison. Je ne suis pas ton devoir. Je ne suis pas une excuse. Je ne suis pas à ta charge, et Raoul non plus. Je veux que tu sois libre, c'est tout !

– Libre de quoi ? De te perdre ?

– Moi aussi je voudrais être pour toi un... un « merveilleux souvenir ».

Les pleurs ont noyé les deux derniers mots. Je

m'abats contre elle, la supplie de rester au présent, de me laisser une chance, de me pardonner cette double vie, cet autre moi-même que je viens de mettre en lumière.

– Arrête. Je n'ai rien à te pardonner. Nous sommes à égalité maintenant, c'est ce que tu penses. N'est-ce pas ?

– Pourquoi on se fait mal comme ça ?

– Au contraire. J'attends depuis si longtemps que tu me parles de cette façon... Que tu nous mettes en danger, que tu arrêtes de nous protéger, que tu nous ouvres les portes, que tu nous fasses confiance... Comment elle s'appelle ?

– Béatrice.

– Viens.

Je soulève le drap, me glisse tout habillé près d'elle. Les minutes passent, on respire l'un contre l'autre, je la caresse avec mon souffle, immobile, le nez sur la bretelle de sa chemise de nuit, je ferme les yeux et je sens qu'elle s'endort. Apaisée, vidée, confiante. Mais confiante en quoi ? Peut-être qu'elle a raison. Peut-être qu'on doit se séparer maintenant pour se retrouver un jour et devenir un vieux couple. Laisser éteindre ce feu qui s'étouffe pour en rallumer un nouveau, plus tard, avec un bois meilleur qui aura eu le temps de sécher.

Seul un mensonge a pu me redonner la parole,

cette nuit, et me valoir une réponse. En 79, quand le car est tombé dans le ravin, Béatrice est morte avec le bébé qu'on attendait. J'ai cru que je ne m'en remettrais pas, que je ne voudrais jamais d'autre passion ni d'autre enfant, que les filles désormais ne seraient pour moi que des corps anonymes, des coups d'un soir ou des copines, que le vrai bonheur comme la vraie souffrance ne se vivent qu'une fois.

Je me relève à quatre heures du matin sans déranger le sommeil d'Ingrid, et je repars dans la rosée comme un amant clandestin, pour regagner mon canapé-lit avant que la maison ne s'éveille.

Faut-il accepter de perdre une femme pour comprendre pourquoi et à quel point on l'aime ? Est-ce en lui donnant raison de me quitter que je lui laisse une possibilité de revenir ?

# 12

Il est tout seul au milieu de l'immense parking, sous l'enseigne clignotante. Il patiente au volant d'un de ces breaks en forme de poire qu'ils appellent des monospaces. Mes talons claquent sur le bitume, aussi vite que possible. J'ai si peu l'habitude d'en mettre que ma démarche de canard doit casser tout le mystère qu'il me trouve ; on se rassure comme on peut. Je l'ai fait attendre au-delà du supportable, mais je me suis rendu compte soudain que je risquais de manquer le début de la séance. J'ai choisi le Kurosawa sublime qui passe dans la petite salle du Multiciné-Mantes. Je l'ai déjà vu dimanche ; nous étions deux, l'ouvreuse et moi, nous avons pleuré en chœur et, quand elle s'est levée, il y avait une flaque : les esquimaux qu'elle avait oublié de remettre au congélateur. En consultant le programme des autres salles, aucun film ne m'a paru a priori aussi dissuasif pour un responsable adjoint de la logistique.

Je toque à la vitre. Il abaisse son journal, ouvre sa portière, jaillit d'un air gaillard, légèrement contrarié par l'attente mais se disant que le but est proche. Je regarde le siège bébé, à l'arrière du break. Il aurait quand même pu l'enlever. Ou alors c'est une précaution, une forme d'honnêteté : il annonce la couleur, précise sa qualité de père de famille pour fixer les limites du jeu. Il a suivi mon regard.

– C'est la voiture de ma femme, dit-il, mais il n'y a plus rien entre nous depuis longtemps.

J'aime le raccourci. Il se rassied au volant pour ouvrir ma portière de l'intérieur, galant, me demande d'un air alléché quel film je nous ai choisi.

– L'un des meilleurs Kurosawa.

– Y a de l'action ?

– A quel point de vue ?

Il me considère comme il regarderait dans un rayon un article non référencé.

– Point de vue action.

Et soudain il me sourit, indulgent. Il se rappelle que je suis étrangère et qu'il y a des subtilités qui m'échappent.

– J'veux dire : c'est marrant ?

Je nuance l'adjectif d'une moue courtoise, mais qui ne laisse guère d'illusions. Sa manière aguichée de répondre « tant pis » ne présage rien d'autre que ce à quoi je m'attends.

– Elle sort de son côté, enchaîne-t-il en démarrant. Ma femme. Avec ses copines.

– Ah oui ?

– Là, elles sont allées à Paris voir une comédie musicale, dit-il avec un fond de reproche.

Sous-entendu : « Elles au moins, elles vont se marrer. » Nous sortons du parking. Le vigile referme la grille derrière nous, avec un petit salut complice au don Juan de l'hypermarché.

– Alors, attaque-t-il en malaxant mon genou, ça fait quoi de se voir comme ça, en dehors du magasin ?

Je soulève les épaules avec un geste d'incertitude : nous verrons bien.

– Tu m'as fait marner, toi, dis donc !

– Marner ?

– Ouais, comme disent les coquettes.

Devant mon air vague, il précise que c'est de l'humour. Marne-la-Coquette. Je ris. Il retire sa main pour changer de vitesse, la repose.

– C'est vrai que tu viens du soleil, toi. Remarque, et je suis pas raciste, le prends pas mal, mais toi au moins t'as pas le type.

A tout hasard, je réponds merci. Il se rengorge :

– Qu'est-ce que tu veux, moi je suis comme ça : café au lait, blanches ou noires, j'aime les femmes. C'est pas comme d'autres.

Je laisse passer le silence qui lui permettra de placer, à défaut d'une diatribe contre les « ratons », un petit couplet sur les « pédés ». Mais non, il me fait grâce.

– Et tu ambitionnes une carrière à l'hyper, se renseigne-t-il, ou c'est juste comme ça, en attendant de te caser ?

Visiblement il n'a pas révisé ma fiche. Ni lu ma lettre de motivation. Je me contente de hausser les sourcils, indécise. Je préfère garder mon mémoire sur Gide pour le retour.

– T'es pas bavarde, toi, dis donc. Remarque, tu sais ce qu'on dit.

Il me cligne de l'œil en mettant sa flèche. Je sors une cigarette de mon sac, prudente. Je subodore un proverbe du genre : bouche cousue, bouche à pipes.

– Fume pas, merci, ma femme est contre. Mais si tu veux un piston pour ta demande de CDI... T'en fais pas : moi, quand je décide de prendre un dossier en main, c'est dans la poche. Sans me vanter, je claque des doigts et le DRH titularise. J'ai commencé manutentionnaire en 92 : trois ans après j'étais responsable des produits frais, c'est moi qui réceptionnais les camions à quatre heures du mat' sur les quais de livraison. Un doute sur les bananes ou sur la date des œufs, j'avais qu'à dire non et les mecs rembarquaient leurs palettes. Je sais pas si tu mesures l'ascension. Et j'ai même pas mon bac.

Je le félicite. En quittant la rocade, il embraye sur un souci d'ordre technique, d'un ton de sollicitude qui est peut-être une manière de me préparer dans la délicatesse à la conclusion de la soirée : comment va-t-on faire pour mon scooter ? Je le tranquillise : je suis venue en bus. Il prend l'information pour une invite, me regarde en biais avec de petits claquements de langue.

– C'est sympa, conclut-il.

En fait, il n'a pas démarré, ce matin : Mouss et Rachid me le réparent. Et si la panne est trop grave, ils m'en voleront un autre ; ils m'ont dit : « Prends-toi pas la tête. » C'est fou comme ils ont tous à cœur de m'éviter les tracas dont je me fiche, de me résoudre des problèmes qui ne se posent pas.

Il se gare sur le parking du cinéma, ôte la façade de son autoradio, prend sous son siège une barre de fer avec laquelle il relie son volant à son accélérateur, ferme le cadenas, sort, verrouille à distance et me prend la main.

– Tu sais que tu me plais ? vérifie-t-il.

Et d'écraser mes doigts pour faire monter la pression.

Nous nous asseyons dans le silence du générique. Il fouille du regard la pénombre des veilleuses, se réjouit que nous ayons la salle pour nous. Je n'avais pas songé à cette conséquence de mon choix. Les premiers plans se déroulent, hiératiques, sans un mot, dans le souffle du vent qui ponctuait les bancs-titres.

– Le son ! braille-t-il.

Et il s'enfonce dans son fauteuil, satisfait, en entendant la première réplique : le projectionniste lui a obéi. Il entoure mes épaules d'un bras protecteur, sans me peloter encore, comme si mon dossier seul l'intéressait pour son confort. C'est le genre d'homme qui se targue entre copains de sa connaissance du plaisir féminin : « Moi j'y vais progressif. » Grand bien lui fasse : il a trois heures devant lui.

L'émotion des images épouse la tristesse, le dérisoire de ma situation. Pourquoi lui avoir dit oui, et au nom de quoi lui dire non tout à l'heure ? Il croira que je lui cède alors que j'abdique. Je sais la vraie raison pour laquelle je me prépare à faire l'amour sans désir, une « première », ce mot magique dont il serait capable de tirer vanité. Pour que demain il me rétrograde à une caisse ordinaire et me laisse en paix, quand j'arriverais au même résultat en l'éconduisant ? Non. Pour m'humilier, me salir, me punir de mes illusions et du renoncement qui point à l'horizon bouché de mes rêves.

Il parle. Il commente ce qu'on voit, pose des

questions, souligne la hauteur d'une montagne, la longueur d'une scène, trouve que le personnage de la sœur a quelque chose de Josiane et me raconte des anecdotes sur elle. A la deuxième bobine, je le laisse m'embrasser pour le faire taire. Il exprime son contentement par le nez et je regarde le film du coin de l'œil.

Quand il a suffisamment labouré ma bouche, il se rappuie contre son dossier avec un soupir d'aise, comme s'il venait de finir une bière. Je fais remonter ma salive, le cœur vide, mortifiée mais sans plus. Et j'essaie de m'abandonner aux images, d'oublier sa présence, de me dissoudre dans la vie des créatures fictives.

Périodiquement, il me caresse le sein gauche de la main droite, comme on visse une ampoule, puis descend vers mon sexe afin de mettre le courant. Je lui murmure que j'ai mes règles. Il répond que cela ne le dérange pas. Le soleil qui baigne l'écran souligne son air hâbleur, son côté magnanime. Les amants se quittent pour ne plus se revoir, sans se le dire. Échange de regards éperdus, fausses promesses en silence, visages bouleversants de solitude acceptée, sourires d'adieu déguisé en au revoir...

– Dix heures et demie ! commente-t-il.

Il remet sa montre dans sa poche, grogne en s'étirant, grince dans son fauteuil, change de fesse toutes les trente secondes. Je pousse un long soupir.

– C'est chiant, non ? appuie-t-il, plein d'espoir.

Je me retiens d'acquiescer. Oui, c'est chiant de voir un beau film en compagnie d'un connard. Mon seul réconfort est de sentir le débat de conscience qui se livre en lui, entre le temps qu'il faudra pour m'amener jusqu'à mon lit et les heures supplémentaires de la baby-sitter. Il finit par l'ajourner en fermant les yeux.

Je le réveille à minuit moins vingt, quand les lumières se rallument.

– Ça fait du bien, dit-il en sautant sur ses pieds, très en forme. Bon, je te propose pas d'aller chez moi.

Mon silence entérine l'invitation qu'il vient de se formuler. Il reprend ma main pour sortir, et m'entraîne avec beaucoup moins de fioritures. Je ne suis plus qu'une chose promise, chose due. Tandis qu'il déverrouille à vingt mètres son monospace qui lui cligne des phares en signe de reconnaissance, il me récite avec une ironie langoureuse, en haussant la jointure de ses sourcils :

– Cité Jean-Moulin, bloc Pervenche, escalier B, c'est ça ?

Je confirme. Tout ce qu'il a retenu de mon curriculum vitæ, c'est l'adresse. Au troisième rond-point, je sens du chaud sous mes fesses et dans mes reins : il a branché la résistance de mon siège, comme l'indique le voyant sur le tableau de bord. Il me préchauffe.

Alors le visage de grand-père et celui de Nicolas Rockel s'impriment sur le pare-brise, dans le défilement des lumières blanches, comme un rappel à l'ordre, un consentement, un reproche, un pardon, une mise en garde : le signe que je suis libre de choisir, celui dont j'ai besoin pour surmonter l'épreuve ou m'y soustraire.

– Ça ne risque rien ? demande-t-il en coupant le moteur.

Je me tourne vers lui et le dévisage pour ce qu'il est, simplement, sans projeter ma honte ni mes dilemmes.

– Quoi ? Qu'est-ce qui ne risque rien ?

– La voiture.

J'éteins le chauffage de mes fesses, sans le quitter des yeux.

– Je ne vis pas seule, monsieur Merteuil.

Dans son sursaut il cogne son coude contre le volant.

– Et t'acceptes d'aller au ciné avec moi ?

Son indignation me le rend brusquement touchant. Il a raison. C'est un brave type, normal, pour qui un oui veut dire oui. C'est moi qui suis une salope. Ou une pure. Quelle différence ?

– Je suis désolée.

Son visage s'éclaire.

– Tu me fais marcher.

– Non, je vous assure...

– Hé, je connais les femmes, moi ! Une gonzesse maquée, je le sens tout de suite, j'y vais jamais. C'est le coup de le faire la première fois, c'est ça ? Allez, te bile pas... On n'a qu'à se dire que c'est la deuxième.

Il enjambe son levier de frein pour venir sur moi. Je le repousse. Il bloque mes poignets, attaque ma bouche à coups de langue.

– T'en as envie, que je te baise, hein ?

Mes dents restant serrées, il me contourne par l'oreille, s'insinue dans mon lobe, déboutonne ma chemise. Je me débats, il m'écrase, arrache mes vêtements. Un coup sourd ébranle la voiture. Il se redresse. Deux silhouettes encadrent le capot avec des battes de base-ball.

– Non mais ça va pas, ils sont dingues !

Un deuxième coup étoile le pare-brise. L'alarme se déclenche.

– Salauds ! hurle-t-il. Je vais me les faire !

Il remet le moteur en route, j'ouvre la portière, crie que c'est un copain, c'est tout.

– Sors de là ! m'ordonne Rachid.

Il arrache un rétroviseur, Mouss relève sa batte au-dessus du pare-brise.

– Arrêtez, c'est la voiture de sa femme, elle n'y est pour rien !

– Tu la fermes, la pute, ou on te fracasse !

Le pare-brise éclate.

– T'allais t'faire quéni dans l'plume à ton mec, sale pouffe !

– Mais non !

– Tiens, d'la part de Fabien !

Le choc de côté me renverse. La voiture recule en trombe dans un hurlement de pneus, Rachid brandit sa batte, Mouss le retient :

– La kille pas !

J'essaie de me relever, les bras devant ma tête. Mouss roule sur le sol près de moi. L'explosion dans ma poitrine, la douleur, plus rien. Mon souffle coupé. La vie arrêtée. Le monde qui continue. La sirène d'alarme qui s'éloigne, les deux qui me regardent, s'agenouillent, affolés, me tapent les joues, le dos. Je me penche en avant, je pousse en moi, je cherche l'air. *Khuaya... Babagaura, namöe bimrim...* Je ne veux pas mourir... Pas comme ça. Pas de leur faute.

# 13

Elle n'est pas là. Elle a changé son jour de congé, ou son contrat de travail a pris fin au 31 juillet et je ne la reverrai plus. Je pourrais demander à ses collègues, pour en avoir le cœur net, mais à quoi bon avoir le cœur net ? La déception a basculé dans une nostalgie de plus : le regret de n'être pas allé plus loin, le soulagement de n'avoir rien gâché de cette relation si dense et si virtuelle, où les banalités n'ont pas eu le temps de combler le vide, de creuser la distance.

A la caisse 13, ce matin, il y a une frisée fatale à grosses lèvres et Wonderbra, qui redevient gamine quand elle dit *aur'voireu* avec son accent des banlieues. Je vais raccrocher mon chariot vide. Si jamais je reviens, ce sera moins une vérification qu'un pèlerinage.

Je prends l'autoroute A13 en direction de Rouen. Il pleut avec un vent latéral, les camions m'envoient des gerbes en me doublant, mes essuie-glaces tartinent la boue sous les couinements et ma capote prend l'eau. J'essaie de me persuader que c'est mieux comme ça. Qu'aurait-il pu se passer, entre nous ? Mentir ou me confier à une inconnue ne m'aurait avancé à rien : je sais exactement où j'en suis, même si je comprends de moins en moins ce qui arrive.

Raoul a traversé la pelouse en pyjama pour m'apporter mon petit déjeuner, ce matin. Sous la corbeille des biscottes, j'ai trouvé les documents d'état civil que je lui avais confiés, si jamais un jour il voulait que je l'adopte. L'émotion m'a laissé sans voix. Je l'ai serré contre moi, il s'est dégagé, m'a souhaité bon appétit et s'est sauvé en courant sous la pluie. Mais était-ce une preuve d'amour ou une riposte, une façon de me consoler ou de prendre parti contre sa mère ?

Quand j'ai voulu en parler à Ingrid, après le départ des invités, elle n'était plus là. Il y avait une lettre à côté de son bol, sur la table de la cuisine.

> Nicolas,
>
> Merci pour cette nuit. Qu'il soit vrai ou non, ce mensonge d'amour était le plus bel au revoir que tu pouvais m'offrir. J'emmène maman à la gare du Nord, et je dépose au passage Raoul chez les Sarres. Tu peux le récupérer quand tu veux,

ou partir de ton côté si tu as besoin de prendre du recul. Mme Sarres est au courant, c'est une femme très bien, elle trouve son fils beaucoup plus équilibré depuis qu'il fréquente Raoul : elle le gardera le temps qu'on voudra. Maintenant, ce qu'en pense Raoul... Tu arrives à savoir, toi ? J'ai essayé de le rassurer, cette nuit, quand il est venu dans mon lit, officiellement pour un cauchemar. Il m'a demandé si on était fâchés. J'ai dit non. J'ai expliqué que tu ronflais, c'est tout. Il a répondu : « Moi aussi. » Et il a ajouté, en me regardant droit dans les yeux, sur un ton de menace : « C'est de famille. » Il est retourné dans sa chambre, et tu es revenu.

Voilà. Je sais qu'il t'a porté les papiers d'adoption. Je suis pour, évidemment. Le fait qu'on se quitte ne vous privera pas l'un de l'autre, au contraire, si c'est ton souhait. Je trouverais très bien pour lui qu'on partage l'autorité parentale. Et même, ça me rassure. J'ai essayé de te l'expliquer : je vais changer de vie, arrêter les études en labo pour aller sur le terrain. Ne t'inquiète pas pour la volière : Martin est prêt à s'en occuper, si tu l'appelles. Tu sais que je rêve depuis des années d'aller filmer une fauvette de Ceylan en liberté. On a enfin obtenu les autorisations nécessaires, mais son territoire est aux mains des rebelles tamouls ; ça peut être dangereux.

Non, n'essaie pas de me raisonner : je ne peux pas laisser disparaître l'oiseau le plus rare et le plus intelligent du monde sans qu'on l'ait *vu*, au moins ! Oui, je suis une mauvaise mère. Si, je vous aime tous les deux, mais d'une manière que je ne supportais plus, qui m'étouffait, qui allait me détruire et vous avec, peut-être. Alors je pars, même si c'est pour me donner l'envie de revenir. Et si jamais je ne reviens pas, j'ai une absolue confiance dans ta manière de gérer les fantômes. Mais, là encore, ne te sens aucune obligation. Raoul a ma mère (oui, d'accord, mais quand même...) et des tonnes de gens responsables, du côté de son père, qui rêvent de faire de lui un véritable Aymon d'Arboud : c'est le seul garçon, l'héritier du titre, la survie du nom, etc. A vous deux de choisir, mon amour. En toute liberté, en toute sincérité. C'est votre histoire. Tout ce que je te demande, c'est de ne jamais lui reprocher la décision que tu auras prise. Si tu as envie d'une autre vie, toi aussi, de repartir de zéro, vas-y. Mais ne lui fais rien payer, plus tard, je t'en supplie. Je l'ai assez blessé comme ça, en le mettant au monde avec un homme que je n'aimais pas, simplement parce que je n'avais pas eu le courage de dire non. Si tu dis oui, c'est pour la vie – d'accord ?

Je reste quelques jours à Paris, le temps de faire les vaccins, d'obtenir mon visa et le matériel dont j'ai besoin au CNRS. N'essaie pas de me joindre. C'est moi qui appellerai, mais que ça ne t'oblige pas à rester à la maison : tu as ton portable.

Merci encore pour cet anniversaire si gentil de ta part, malgré l'horreur que ç'a été pour nous, à cause des circonstances. Tu vois : les surprises qu'on prépare à l'autre en se sacrifiant pour lui faire plaisir... Ma mère t'embrasse.

Ingrid.

La chute abrupte, même si elle était due à l'heure du train, m'avait déstabilisé encore plus que le reste. Ce n'était pas une lettre d'adieu. Ni une lettre d'amour ni une lettre d'excuse. C'était une lettre de rien. Et tout y était. Plus je la relisais, moins j'étais d'accord et plus je me répétais qu'elle avait raison. Ma seule réponse a été la fuite. La prise de recul, comme elle disait moins brutalement. Avec mon portable en veille sur le siège passager.

Le coup de volant manque m'envoyer dans la glissière de sécurité ; je redresse et j'attrape le téléphone qui bourdonne.

– C'est toi ?

C'est Raoul, sur fond de bombardements, qui me demande la permission de dormir chez Ludovic Sarres.

– Comme tu veux. Dis-moi, pour les papiers que tu m'as donnés tout à l'heure...

– J'ai pas le temps : on joue. Tu es parti ?

– Je suis en voiture...

– A plus, Nico.

Je me remets en veille. J'ai beau me dire qu'on est un jour impair, le ton de sa voix laisse penser que m'apporter les documents d'adoption était, pour lui, davantage une expérience qu'un appel au secours. J'ai pris pour un élan du cœur ce qui n'était qu'un moyen de vérifier mes sentiments. Comme j'ai bien réagi, il est rassuré et il peut penser à autre chose. Au fond, rien ne prouve que sa mère, en s'éloignant, le rapprochera de moi. C'est sans doute *ensemble* qu'il nous aime, qu'il est fier de nous. Plus d'une fois, il s'est vanté en notre présence d'être le seul « non-divorcé » du voisinage – avec Ludovic Sarres, bien sûr, mais Ludovic Sarres, lui, ses parents ne s'aiment pas. Si Ingrid ou moi quittons le domicile conjugal, le petit aura perdu sa seule supériorité sur ce meilleur ami qu'il s'est choisi comme on porte un cilice.

Pourquoi est-ce le visage de César que je vois dans la pluie des essuie-glaces ? Quel rapport avec ce que j'éprouve en ce moment ? C'est difficile de savoir si j'ai renoncé à garder Ingrid, ou si j'essaie de m'accorder au ton de sa lettre, à son insouciance, sa liberté, pour recommencer à croire que je ne l'ai pas vraiment perdue.

# 14

Ma seule consolation, c'est que le médecin m'a interdit de rire. Mon état d'esprit, au moins, est devenu un avantage. J'ai trois côtes fêlées, il me dit qu'elles se recolleront toutes seules à condition que je garde mon sérieux, que j'évite d'éternuer, de courir et de soulever des poids. Il me demande quel métier je fais. Je réponds que je suis caissière. Il sourit, soulagé : il n'y a que les doigts qui travaillent. Je mentionne les packs d'eau minérale qu'on passe au-dessus du décodeur toutes les deux minutes. Il se rembrunit, me signe un certificat d'arrêt de trois jours, propose de le faxer lui-même à l'hypermarché pour m'éviter de sortir, comme je n'ai pas de télécopieur. Je le remercie. Il veut savoir pourquoi je n'ai pas appelé hier soir. Je hausse les épaules, avec la faible amplitude qui me reste : je pensais aller mieux ce matin.

En refermant son cartable, il me demande si je

vis seule, ce qui est assez bizarre comme question quand on considère ce studio plein d'affiches de boxe et de filles nues que j'ai cachées de mon mieux derrière les plantes vertes. Je réponds que mon compagnon est en déplacement. Il acquiesce. Il s'attarderait bien encore un peu, mais il a peur pour ses pneus. Même avec le caducée de SOS Médecins, il dit qu'on n'est plus à l'abri, dans une cité comme celle-ci. Avant, on lui fauchait ses jantes. Depuis qu'il a mis des boulons antivol, on lui crève ses pneus.

– C'est un choix, soupire-t-il, le nez contre la vitre, observant ses feux de détresse qu'il a branchés pour signifier qu'il ne restait pas longtemps.

Il se retourne, m'interroge une nouvelle fois sur ce qui m'est arrivé. Je répète que je suis tombée dans l'escalier. Il me conseille de porter plainte.

– Contre la rampe ?

Il n'insiste pas, glisse un doigt sous le bandage pour s'assurer qu'il l'a suffisamment serré. Aucun souci à se faire : j'ai tout d'Erich von Stroheim dans *La Grande Illusion*. Je lui note les coordonnées de l'hypermarché, en précisant que le certificat doit être faxé à l'attention du responsable adjoint de la logistique, M. Merteuil. Il me laisse sa carte, en cas de problème. Je le paie et il s'en va.

C'était un grand roux timide, un peu voûté, qui

a eu l'air triste en voyant le bronzage musclé de Fabien sur la table de chevet. J'ai failli lui dire pour le consoler que mon compagnon est en détention préventive depuis trois mois, et qu'il n'a plus grand-chose à voir avec sa photo de l'été dernier, prise par Élisabeth avant qu'il ne me rencontre. Élisabeth est la seule fille qu'il aime vraiment. Il m'a juré qu'il ne la voyait plus, mais je l'ai rencontrée à Bois-d'Arcy, au parloir, une semaine où j'avais le mardi libre au lieu du mercredi, et il lui avait juré la même chose à mon propos.

Je n'ai rien contre Élisabeth. Comment ne pas aimer Fabien ? Lorsque je l'ai entendu chanter, la première fois, à la terrasse d'un café du Quartier latin, je venais de découvrir l'université de Paris IV, cette Sorbonne tant rêvée qui allait m'ouvrir ses portes, et il était un émerveillement de plus, un prolongement logique, un coup de foudre allant de soi dans ce décor, avec ses mèches en virgule, ses biceps vibrant aux accords de sa guitare et sa voix chaloupée. Il s'est assis à ma table. Il composait paroles et musique. Il récoltait des fonds pour s'offrir une maquette en studio, afin de pouvoir la proposer aux maisons de disques. Il avait dix-neuf ans et six jours, il ne doutait de rien, ni de son talent, ni de son avenir, ni de son charme. Je lui ai dit qu'il ressemblait à Fabrice del Dongo. Il a répondu que le tennis n'était pas trop son truc. Ce fut notre premier silence. Mais la musique arrangeait tout.

Les parents d'Élisabeth ont de l'argent ; elle pourra l'aider à financer l'enregistrement de son disque, lorsqu'il sortira de la prison où il aura laissé sa fierté. Cinq cents grammes d'herbe vendus pour rendre service à des copains, cela ne devrait pas excéder six mois. Pendant ce temps j'arrose ses plantes et je nourris son chat. Quand il sera libéré, je m'en irai.

Sur le parking, mon SOS Médecin déverrouille sa petite voiture blanche. Mouss et Rachid s'approchent de lui, retiennent sa portière. J'ouvre la fenêtre pour crier, ameuter la cité, quitte à provoquer le coup de fusil d'un des crânes rasés du bloc Mimosa, mais je renonce à temps. Mouss et Rachid ne font que parler sans le regarder, les mains dans le dos, les yeux au sol. Ils demandent de mes nouvelles. Ou ils vérifient que je ne les ai pas dénoncés.

Partir. Oublier Fabien, son Élisabeth et ses copains. Le chat ronronne en se frottant contre mes jambes. Ce n'est pas de la tendresse ; il a faim.

Je lui ouvre une boîte et je vais prendre mon mémoire de maîtrise dans la bibliothèque, entre les *Jazz-Hot*, les *Playboy*, les biographies de Ray Sugar Robinson, Cassius Clay, Marcel Cerdan... Le rayon des passions, comme avait dit Fabien en l'y rangeant après en avoir lu quatre pages, très fier de moi. *Le*

*Devoir de joie dans l'œuvre d'André Gide*, par Sezar Kassim, Université de Bagdad, mention bien. Je regarde, le cœur lourd, imprimée dans mes deux langues, l'épigraphe extraite des *Nourritures terrestres* : « La joie est plus rare, plus difficile et plus belle que la tristesse… Plus qu'un besoin naturel, elle devient pour moi une obligation morale. »

Je vais enfermer le mémoire dans ma valise au fond du placard, derrière la guitare, pour éviter qu'une journée de repos forcé ne réveille les deux tentations, de plus en plus présentes, de plus en plus simultanées : récrire encore une fois l'introduction dont le français ne me satisfait jamais, ou tout brûler dans la baignoire.

# 15

C'est l'homme à qui je dois tout. Le premier qui m'ait reçu, à vingt ans, quand j'envoyais mes projets à tous les fabricants. Il m'a fait asseoir dans le grand bureau vitré au dernier étage de son usine, m'a demandé de but en blanc pourquoi je voulais inventer des jouets. J'ai répondu qu'on m'avait volé mon enfance. Il a souri de mon ton lyrique, de ma voix ferme qui juraient avec mon blouson râpé et ma cravate de grand-père. Il m'a déclaré que mes idées étaient sans intérêt, que j'avais tout à apprendre. Je me suis levé pour prendre congé. Il s'est enquis de ma situation familiale, de mes études en cours, de mes moyens d'existence. J'étais seul, j'étais pauvre, j'étais libre, avec pour uniques diplômes mon bac français et mon permis de conduire. Il m'a dit que je commençais le lendemain.

Bien plus tard, j'ai su qu'il était entré dans le métier au même âge que moi, grâce à un patron qui lui avait offert ce genre de chance. Ses enfants l'avaient suffisamment déçu pour qu'il ait envie de former à son tour un débutant à sa ressemblance. Pendant trois ans, j'ai sillonné la France comme représentant, plaçant dans les grandes surfaces les jouets inventés par les autres, ce qui m'a donné l'expérience du terrain, de la demande et de l'humiliation. Les projets que je continuais de soumettre à M. Mestrovak devenaient meilleurs, je le sentais, mais finissaient toujours dans sa corbeille, jusqu'au jour où il me lança, à l'issue d'une réunion de représentants :

– Vous êtes trop modeste dans vos règles du jeu, Nicolas. Prenez-vous pour Dieu.

Ce fut le déclic. En trois jours et deux nuits, j'inventai *Je crée le Monde*. Il finança ma prise de brevet et le succès fut colossal dès le lancement sur le marché. Les royalties me mettraient pour longtemps à l'abri du besoin, mais je savais que dans ce métier on décroche rarement deux fois la timbale. Mestrovak fut rassuré de me voir continuer mes tournées de représentant. Il croyait que c'était de la prudence, une manière pour moi de garder les pieds sur terre, alors que c'était de la pure volupté. Affronter, anonyme, la suffisance et le mépris des responsables d'achat de Monoprix, Auchan ou Carrefour, qui écoutaient mes arguments d'une oreille tout en téléphonant exprès, puis critiquaient mon packaging, ma cible, mes prévisions de ventes pour que je réduise mon prix ; jouer à me faire humilier comme avant par ces minus péremptoires, qui ne savaient pas que je venais de garer sur leur parking une Ferrari Daytona coûtant trois ans de leur salaire, était la plus délicieuse des revanches, une manière de venger sans qu'ils s'en doutent les placiers en cacahuètes, yaourts ou chemisettes qui se rongeaient les ongles dans la salle d'attente avant de prendre ma place sur la chaise de torture, face à un petit chef qui se croyait autorisé à leur apprendre leur métier parce qu'il était investi du pouvoir de dire non.

Un jour, on m'a volé la Ferrari devant l'Intermarché de Clermont-Ferrand, je suis redevenu fidèle à ma vieille Triumph, j'ai arrêté d'aller caser mes inventions dans les rayons et j'ai rencontré dans un bus d'Air France la femme et l'enfant de ma vie. Paul Mestrovak, lui, est devenu un très vieux monsieur diaphane et vacillant, trahi par son conseil d'administration et qui se laisse dépouiller de son vivant par ses héritiers afin de les alléger de leurs droits de succession. Une équipe de jeunes technocrates n'ayant gardé de l'enfance que l'âge mental a mis les Jouets Mestro à deux doigts de la faillite et le repreneur japonais va liquider le catalogue, ne gardant que *Je crée le Monde* en version cédérom. Si

M. Mestrovak a manifesté le désir de me parler, cet été, lui qui ne voit plus personne depuis trois ans, c'est pour m'avertir d'une arnaque ou me faire ses adieux.

Chaque matin, il prend le Paris-Rouen pour aller déjeuner à l'Hôtel de Dieppe, juste en face de la gare. C'est là qu'il a vécu pendant quinze ans la grande passion de sa vie, deux jours par semaine, avec une libraire rouennaise qui, depuis, a pris sa retraite en famille sur la Côte basque. Aujourd'hui, comme il dit, il n'a plus besoin de se cacher.

J'entre dans le restaurant au milieu de ses hors-d'œuvre. Il y a trois couverts à sa table habituelle, près du bar où trône la statue de Johnnie Walker en marche avec sa canne et ses lorgnons. L'ambiance vert et bois, les lampes champignons et les vitraux bosselés composent une lumière d'aquarium ; le personnel feutré et la moquette assoupissante imposent aux rares clients le silence des profondeurs. Je prends sa main sans la serrer trop fort. Il porte le même costume prince-de-galles, de plus en plus grand. Il doit peser cinquante kilos pour quatre-vingt-douze ans.

– Non, ne vous asseyez pas là, Nicolas. C'est la banquette de Suzanne. Prenez la chaise, voilà. Bonjour. Servez monsieur, mademoiselle. La même chose. Savez-vous quel est le seul détail qui ait changé, sur cette table, Nicolas ? Tout est à sa place, identique : la nappe, la vaisselle, les fausses fleurs, la garniture des plats... Je commande toujours notre menu favori et c'est resté aussi bon. Non, l'unique différence, c'est la demi-bouteille. En laisser la moitié, c'était souffrir inutilement d'être seul. C'est une alliée, la solitude ; il ne faut pas qu'elle devienne une limite. Et puis le millésime du meursault, bien sûr, qui varie d'année en année ; j'épuise leur cave... Nous faisions l'amour après les profiteroles juste au-dessus, chambre 9 ; ensuite je reprenais le 18 h 11 qui n'existe plus. Finalement, ça fait beaucoup de petites dissemblances... Mais au fond, tout est demeuré conforme. C'est assez doux, vous le verrez un jour, d'être l'ombre de soi-même. De se dire que les autres n'ont pas réussi à vous modifier.

J'attaque les poissons marinés qu'on vient de m'apporter. Il n'a rien laissé dans son assiette. J'ai du mal à le regarder, à rompre le charme, l'impression d'éternité que ses propos diffusent.

– Sinon, reprend-il, j'ai fait deux ou trois infarctus, et puis surtout il y a cet emphysème qui m'épuise. Chaque pas est un effort, je dois m'arrêter tous les vingt mètres pour récupérer mon souffle. Mais ne prenez pas cet air désolé : j'y trouve des avantages. Je fais toujours le même voyage, simplement il est de plus en plus long. Je gagne au change :

les journées passent si vite, en marchant si lentement, que je n'ai plus le temps de m'ennuyer. Il me faut une heure pour aller de chez moi à la gare Saint-Lazare, dix minutes entre la descente du train et ma table, et je compte le double au retour à cause de la fatigue : vous n'imaginez pas, ces deux heures assises qui m'attendent ici, comme je les savoure... C'est ma récompense, mon but et ma victoire de chaque jour.

Il vide dans mon verre sa demi-bouteille qui tremble, en commande une deuxième. La jeune serveuse, qui n'est pas au courant, lui dit qu'il aurait mieux fait de prendre directement une soixante-quinze centilitres. Il lui sourit, sans répondre.

– Et vous, Nicolas, votre vie, comment va-t-elle ?

Je m'imagine à sa place, en face de deux assiettes vides.

– Très bien, monsieur.

– Tant mieux. Parce que j'ai d'assez mauvaises nouvelles pour vous. Mes ayants droit, je ne sais comment, ont mis la main sur des témoins prêts à jurer que c'est moi qui ai eu l'idée de *Je crée le Monde*. Ils vont vous attaquer dès mon décès, contester votre brevet. Les sommes en jeu sont si importantes ; ils prendront les meilleurs avocats. Voilà, Nicolas. Préparez-vous à vous défendre : je pense que mon cœur va me lâcher avant la fin de l'été. Je dois dire, égoïstement, que ce serait l'idéal pour moi : les enfants sont en vacances. Je ne veux pas voir leurs têtes au moment de partir. Ils ont empoisonné ma vie ; je ne les laisserai pas me gâcher la mort. Vous avez un portrait de votre femme ?

Les dents serrées, les mots bloqués dans la gorge, je sors de mon portefeuille les deux photos que je préfère. Il écarte celle où Ingrid et Raoul se bagarrent dans la mer en Corse, plonge les yeux dans la serre où, devant l'oisillon qui brise sa coquille, elle me fait signe, l'air paniqué, de ne pas déclencher mon flash.

– L'oiseau a survécu ? demande mon vieux patron après une longue minute d'observation.

– Oui. C'est un choucas, une variété de corbeau, il s'appelle Lustucru et il a un QI équivalent à 165 chez l'homme.

– C'est beaucoup ?

– C'est énorme. Elle le laisse seul devant une assiette de moules : il en prend une et il s'en sert comme d'un marteau pour ouvrir les autres.

Les larmes ont fissuré ma voix. Il s'étonne :

– C'est cruel, oui, mais enfin ce sont des moules. Je veux dire : ça n'est pas plus cruel que de les ouvrir au couteau.

Je renifle, souris, et abonde dans son sens en ajustant mon verre sous le goulot qui oscille.

– Vous l'aimez ? Elle vous rend heureux, elle vous fait rire, vous la faites jouir, c'est votre meilleure amie, vous êtes faits l'un pour l'autre et c'est de mieux en mieux ? Nous sommes pareils. Le passé que je prolonge, vous le vivez au présent, je suis si heureux pour vous, sauf que personne ne vous empêche d'être ensemble, vous, et là je vous en veux un peu. Les heures de bonheur, on les a pour la vie, mais les heures perdues ne se rattrapent jamais. Ne vous laissez rien voler, Nicolas. Punissez mes enfants, déboutez-les, ruinez-les-moi à coups de dommages et intérêts, préjudice moral, outrage à magistrat... Vengez-moi ! D'accord ? Voilà mon témoignage écrit, l'original est chez mon notaire. On va les écraser !

Il est excité comme un supporter victorieux, tapote des poings sur l'enveloppe, les yeux brillants. Je lui dis oui pour respecter son enthousiasme, mais je ne le ferai pas. C'est toute une partie de ma vie qui mourra avec lui. Je ne me battrai pas contre ses héritiers pour sauvegarder mes royalties. Je ne lui disputerai pas la paternité de notre jeu, à titre posthume ; je ne toucherai pas à sa mémoire. J'irai à ses obsèques, j'afficherai un air combatif, une entente en règle avec son notaire, je paraîtrai déterminé et sûr de mes preuves, je lirai l'inquiétude dans le regard des ayants droit et ça suffira. Des années durant, ils vivront dans la peur de ma contre-attaque et l'épée de Damoclès leur gâchera les joies de la succession : Mestrovak sera vengé.

Après les profiteroles, je le raccompagne à la gare. Il a refusé mon bras, il marche à petits pas comptés, appuyé sur son parapluie, s'intéressant à tous les détails de la rue pour donner des raisons flânantes à sa lenteur. Une fois installé dans son wagon, il me dit quelque chose derrière la vitre. Je fais mine de comprendre, j'acquiesce. Lorsque le train est parti, je retourne à l'Hôtel de Dieppe où je demande la chambre 9.

La décoration est neuve, l'espace réaménagé, l'éclairage différent, le lit n'est certainement plus le même. Mais je me mets dans la peau de ce vieux monsieur que j'aime tant, et je me dis que tout est bien. Au fond ce sera une chance pour moi, de me faire dépouiller : l'occasion d'un sursaut, la nécessité d'un nouveau départ. Ces royalties qui tombaient chaque année m'avaient transformé en héritier de mon passé, en ayant droit de moi-même. A présent j'ai la vie devant moi : je vais changer de métier, changer de maison, créer un nouveau monde pour Raoul. La révélation que je suis en train de me formuler, en m'endormant tout habillé dans la chambre d'amour d'un autre, je ne l'aurais pas supportée, ce matin encore, et à présent elle m'attendrit, me réconcilie, me fait sourire. Ingrid me quitte pour me laisser Raoul. Il aura fallu du temps pour qu'elle soit sûre de moi, pour que je sois à la hauteur de ses espérances, mais dès notre rencontre, sans doute, elle avait fait son choix. Ce n'était pas tant l'homme de sa vie qu'elle avait reconnu en moi ; c'était le père idéal pour son fils. Celui qui lui permettrait de reprendre sa liberté sans remords. Et même si j'avais fait fausse route, depuis quatre ans et demi, dans ma bulle de vrai bonheur, j'étais arrivé à bon port, j'avais touché son but.

Je me réveille à l'aube. J'ai oublié de recharger mon portable, je n'ai plus de batterie, mais de toute manière c'est trop tôt pour appeler chez les Sarres. Je prendrai Raoul au passage, et je l'emmènerai au cinéma, à la piscine, au cirque... Et puis on ira au Futuroscope de Poitiers dont Ludovic lui rebat les oreilles, il m'apprendra l'ordinateur, la Nintendo, Internet et toutes les choses de son âge ; il est temps que je devienne son élève – on sera entre hommes et je finirai peut-être par remercier Ingrid de la place qu'elle nous laisse.

Je me sens si joyeux, si libéré, si confiant dans la glace de la salle de bains que je décide de repasser à l'hypermarché, sur le chemin du retour. Et je jure à mon reflet barbu, décavé, ridé par les plis du traversin que si jamais César est, par miracle, de retour à sa caisse, je lui demande son téléphone et je l'invite un soir. Plus besoin de m'inventer une autre vie dans un caddie : je vais enfin reprendre le contrôle de la mienne.

# 16

Je suis renvoyée. Vingt-quatre heures sans bouger, à relire des auteurs sinistres pour être sûre de ne pas rire, le thorax bandé si serré que je pouvais à peine respirer ; je reviens avec deux jours d'avance et Merteuil me dit que je suis renvoyée pour absence injustifiée. Je rappelle mes côtes fêlées, le certificat d'arrêt que lui a faxé SOS Médecins. Il répond qu'il n'a reçu aucun fax et que je n'ai prévenu personne.

– Mais vous saviez !

– Je savais *quoi* ?

Il me toise, les yeux exorbités, les sourcils arqués, le front plissé par la bonne conscience et le respect du règlement. Il y a des témoins ; quinze filles autour de nous qui ne bronchent pas, qui attendent l'issue. Inutile d'insister. Je referme la bouche, sans baisser le regard. Qu'au moins il grille intérieurement, si quelque chose encore est combustible en lui. Mais peine perdue ; il m'assène l'argument final : les côtes fêlées ne sont pas prises en compte par la Médecine du travail.

– Préavis de huit jours, conclut-il. Et je suis gentil.

C'est vrai. Il pourrait me faire payer la réparation de son pare-brise. Le menton haut, j'essaie de ravaler mes larmes ; je ne lui donnerai pas la satisfaction de me voir craquer en public. Mais l'image se brouille et je regagne ma place à tâtons.

– Non, pas là. Prenez la 4.

Je ramasse ma bouteille d'eau et mes *Nourritures terrestres*. La 4, c'est la pire : la caisse Flash, moins de dix articles. La queue en permanence, les gens qui s'insurgent quand ils en ont plus de dix et qu'on est obligé de les refouler ; ils argumentent, décrètent que deux lots du même produit comptent pour un, d'autres contestent ou prennent leur parti : c'est l'échauffourée, l'embouteillage, l'appel au responsable et le code 09 sur la feuille de paye : manque d'organisation dans le contrôle du flux.

– C'est vrai qu'une côte fêlée, me glisse Josiane à l'oreille avec réprobation, c'est pas un arrêt de travail. T'aurais pu inventer autre chose.

– Tentative de viol ?

Elle me regarde, estomaquée, la bouche ronde. Puis elle me tourne le dos pour regagner son trône de doyenne des titulaires, allume le chiffre 1 dans le globe au-dessus de sa tête. Je m'attends à tout, désormais ; plus rien ne peut me surprendre, qu'on me dise que je n'ai aucune pudeur ou que je manque d'humour. Je crois que jamais, même au cœur du charnier des réfugiés à la frontière iranienne, je ne me suis sentie niée aussi fort en tant qu'être humain.

La sonnerie de neuf heures retentit, le rideau métallique s'élève. J'hésite entre me trancher les veines devant le premier client ou rentrer à la cité tout de suite. Et je ne fais rien. Je guette le seul visage ouvert, le seul regard gentil qui se soit posé sur moi sans arrière-pensées depuis que je suis en France. Il me reste huit jours pour me réchauffer encore à la détresse attentive de M. Nicolas Rockel. Mais à quoi bon ? Et pour quoi faire ? S'embarrasser d'un espoir illusoire n'est qu'une fuite, encore une, et je n'irai pas plus loin. Qu'au moins j'essaie de protéger celles qui me succéderont.

J'attends que le magasin soit plein, je prie ma cliente en cours de bien vouloir patienter un instant, j'arrête le tapis, j'empoigne mon micro d'appel, abaisse le bouton rouge. Et je m'entends grésiller calmement, dans tous les haut-parleurs :

– J'accuse le responsable adjoint de la logistique, M. Laurent Merteuil, que vous pouvez apercevoir dans son bureau vitré au-dessus du rayon légumes, de tentative de viol, non-assistance à personne en danger et délit de fuite. Si un policier m'entend, je suis disposée à porter plainte. Merci de votre attention.

Je raccroche le micro. Le temps s'est arrêté, tout le monde me regarde, j'ai figé l'hypermarché : on n'entend plus que le bruit des aérateurs. Au moins, quand je serai retournée en Irak et que j'affronterai le regard déçu de ceux qui s'étaient privés pour que je réalise mon rêve, je pourrai me dire, petite consolation dans le désert, que je ne suis quand même pas venue en France pour rien.

Le cours des choses a repris son rythme normal, en quelques secondes. Ni policiers ni gendarmes n'ont fendu la foule dans ma direction. Mon tapis s'est remis à rouler et tout est rentré dans l'ordre : on sous-estime toujours le pouvoir d'indifférence des gens. A part cinq ou six regards de curiosité gênée, et le soupir en biais d'une vieille dame sévère qui m'a déclaré : « Si c'est pas malheureux » – soit pour me plaindre, soit pour blâmer mon inconduite – rien. Il faut dire qu'à la caisse Flash, on n'a guère le temps de s'étendre ; le débit n'autorise pas l'apitoiement.

A neuf heures et demie, vingt minutes après mon esclandre, une nouvelle est venue pour me remplacer, de l'admiration plein les yeux et une rage solidaire serrée dans les poings : je suis convoquée chez le DRH. Je traverse le magasin en longeant les caisses, entourée de considération, de compassion discrète, d'amitié tardive.

Le directeur des ressources humaines est un petit placide aux mains nerveuses, assis devant une fausse plante, le sourire conciliant dans un visage de crise. Il me somme de renoncer à mes accusations, tout en m'assurant qu'une enquête interne en vérifiera le bien-fondé, ce qui est assez curieux comme cheminement. J'ai fait ce que je devais faire ; je promets ce qu'il veut. De toute manière je ne serai plus là, demain matin. Être devenue en quatre phrases une héroïne pour mes collègues qui jusqu'alors ne me parlaient pas est une blessure bien plus amère que l'injustice. Je préférais encore affronter leur hostilité silencieuse qu'être aimée tout à coup en tant que porte-parole. Et ce n'est pas leur hypocrisie qui me choque le plus, c'est leur passivité. Ce n'est pas le fait qu'elles aient retourné leur blouse avec autant d'impudeur, c'est qu'elles n'aient pas renchéri sur mon accusation, dénoncé le chantage sexuel qu'elles ont subi comme moi. J'étais prête à mener leur révolte ; elles me cantonnent dans le rôle de martyre.

J'ai mal aux autres, comme j'écrivais dans les copies de français que mon professeur de Bagdad jugeait trop « littéraires ». Évidemment, je ne connaissais de la France que les récits de ma mère, son enfance à l'ambassade d'Irak, les réceptions parisiennes pleines d'écrivains en queue-de-pie, et cette langue d'élection dans laquelle elle s'était retranchée, après l'exécution de ses parents dans les geôles d'Abdul Rahman Aref, cette langue qui était le seul héritage qu'elle m'avait transmis. Si elle savait comme je lui en veux, aujourd'hui, d'avoir allumé en moi ce rêve d'une France sortie d'un roman d'André Gide. Une France de grâce et d'harmonies contraires, de jeux de l'esprit, de joutes sensuelles, de perversions fines entre intellectuels choyés, femmes du monde et poètes maudits ayant table ouverte.

Le directeur des ressources humaines dit qu'il comprend mon problème, qu'il accepte ma démission au lieu de me renvoyer pour faute grave et que je pourrai passer à la comptabilité en fin de journée : il consent malgré la situation, dans un souci d'apaisement, à m'accorder la prime d'été. Il ajoute en se levant que j'étais assez mal notée, que « l'enseigne » est très à cheval sur la qualité de son personnel en caisse et que, de toute façon, une immigrée dans ma situation, de surcroît si jolie, n'a jamais intérêt à porter plainte pour ce genre de motif contre un citoyen français : on sait ce qui se passe, dans les commissariats. A bon entendeur salut, bonne chance et sans rancune, conclut-il en me tendant une main que je regarde, immobile, jusqu'à temps qu'il la baisse.

Je retourne, sans voir personne, reprendre ma place pour la dernière fois : je ne leur ferai pas cadeau d'une minute sur la journée qu'ils me doivent, ils subiront ma présence, mon reproche vivant jusqu'à la fermeture. Le sourire aux lèvres, pour honorer « l'enseigne » et graver mon mépris dans le regard fuyant de mes collègues, je débite les chariots de dix-articles-et-plus, sans commentaires, sans objections, bonne journée et allez vous faire foutre.

Et soudain je le vois. Je le reconnais à son caddie, avant même de lever les yeux. Aujourd'hui c'est une bouteille de champagne, un parapluie et deux flûtes en plastique. Il les a sorties d'un pack de vingt ; c'est impossible à facturer, mais la loi française interdit la vente forcée et rien n'empêche le consommateur d'acheter, si la fantaisie lui en prend, les petits-suisses à l'unité ou les cerises à la pièce : nous sommes averties dès notre embauche, et on nous remet une fiche de désinformation à l'intention de la clientèle afin d'éviter ce genre d'accidents.

J'appuie sur le bouton bleu, le bouton à problèmes. La chef de secteur arrive aux nouvelles, mielleuse et empressée, dans le genre diplomate : il convient d'éviter tout éclat supplémentaire de ma part contre la hiérarchie, en attendant que j'évacue les lieux. Je lui expose la situation. Elle pâlit, et annonce à mon client que le magasin, exceptionnellement, en cette semaine de promotion spécial Norvège, consent à lui offrir les deux gobelets qu'il a illégalement dépackés, à condition qu'il ne recommence plus.

– Vous terminez à quelle heure ? me demande-t-il.

– Maintenant, dis-je en rangeant mon tabouret sous la caisse.

Et j'ôte ma blouse que je remets à la chef de secteur interloquée, en lui souhaitant vingt ans de bonheur jusqu'à sa retraite.

# 17

Sous le parapluie, son parfum n'est plus le même que dans le magasin. Fenouil et géranium, sur fond de goudron chaud que l'orage a rendu âcre. On traverse le parking de flaque en flaque, entre les fumées d'échappement des voitures qui manœuvrent.

Je lui ouvre la portière de la Triumph. Avec une consternation qui réchauffe le cœur, elle regarde les bandes de sparadrap noir balafrant la capote.

– Ils vous l'ont poignardée ici ?

– Non, non, c'est pour éviter.

Et j'en décolle un bout, lui montrant qu'il n'y a aucune déchirure en dessous. Le meilleur moyen d'empêcher qu'une voiture soit vandalisée est de laisser croire que c'est déjà fait. Son regard amusé ne me quitte pas, tandis que je me contorsionne pour m'asseoir dans l'habitacle exigu.

– C'est bas de plafond chez vous, dit-elle.

Façon courtoise de me faire observer que je suis trop gros pour mon auto ou qu'elle n'est plus de mon âge.

– J'ai un rapport très fort avec elle, dis-je en essayant de démarrer pour la quatrième fois.

– Vous la poussez souvent ?

Je la rassure : les anglaises des années soixante n'aiment pas beaucoup la pluie, mais elles finissent toujours par démarrer si l'on attend vingt secondes entre chaque tour de clé. Elle me répond qu'elle a tout son temps.

– Vous l'avez achetée d'occasion ?

– Dans une certaine mesure.

Et je lui raconte, avec autant de naturel que si je la connaissais depuis toujours, le 13 avril 1978. La dernière fois que j'ai vu mon père. Je venais de commencer mes leçons de conduite ; il m'attendait devant les grilles de l'internat, au volant de la Triumph qui était à l'époque une cloque de rouille aux chromes piqués. Il avait l'air pressé. Il m'a fourré dans la poche trois mille francs en me disant :

– Fais-moi un chèque.

– De combien ?

– Trois mille. Je te vends ma voiture, avant qu'ils ne la saisissent. On fait ça légalement : je barre la carte grise, je la date et tu me signes le certificat d'achat, voilà. Je suis totalement insolvable ; si jamais ils découvrent que tu es mon fils, tu hériteras de mes dettes. En tout cas, de mon côté, dis-toi qu'ils n'ont aucune preuve. Tu as un ticket de métro ?

J'ai fouillé mes poches, je lui ai tendu mon carnet. Il m'a dit merci pour tout, salut bonhomme, et il a disparu dans l'escalier de la station Pont-Neuf. Huit jours après, dans son immeuble en face du casino d'Aix-les-Bains, l'huissier et le commissaire sonnaient à la porte pendant qu'il se jetait par la fenêtre. Aucun mot d'adieu, aucune excuse, aucun reproche. Juste un bout de papier collé au mur de la cuisine, à l'intention du locataire suivant : « Tuyau de gaz à changer. »

César me dévisage en silence. Compréhensive, souriante. Un frisson parcourt mes doigts tandis que je tourne encore une fois la clé de contact. Ce n'est pas le drame, la mort ou l'égoïsme qu'elle retient de mon histoire. C'est la complicité, la tendresse pudique, le respect mutuel, la passion transmise ; la fidélité à une mémoire à travers l'entretien d'une voiture. Salut bonhomme. Les deux mots qui ne cessent de résonner en moi.

– Quel métier faisait-il ? demande-t-elle du bout de la voix.

– Je me rappelle le jour où j'ai posé cette question à ma mère ; je devais avoir cinq ou six ans. Elle m'a répondu, très neutre : « Il joue. » C'était merveilleux pour moi, cette réponse.

– Vous jouez aussi ?

– J'ai fait jouer les autres. J'inventais des règles.

Elle remue sur son siège, se rapproche de moi. C'est pour se décoller de la portière ; les joints ne sont plus étanches et la pluie coule dans son cou. J'enlève la buée du pare-brise pour faire quelque chose. Elle regarde mon alliance.

– J'ai une femme que j'aime et qui est en train de me quitter, et un fils de son premier lit que j'adore et à qui je n'arrive pas à dire la vérité.

Comme les mots viennent bien quand on vous tend l'oreille. Comme les malentendus se dissipent et comme tout est facile dès qu'on est en confiance. Elle me répond, sur un ton égal, un rythme identique :

– Je suis née en Irak, je suis venue en France pour faire valider mon mémoire de maîtrise sur André Gide et continuer mes études, je me suis retrouvée caissière pour aider mon compagnon, maintenant il est en prison et je viens de perdre mon emploi.

Le silence se dilue dans le bruit des gouttes, sans installer la moindre gêne. Aucun de nous deux n'a envie d'enchaîner, d'interrompre ce charme et cette douceur issus de nos situations d'échec résumées avec une telle sobriété.

On tape à ma vitre. Je tourne la manivelle couinante que j'ai encore oublié de graisser.

– Vous voulez qu'on vous aide ? lance un type.

César jaillit de la voiture et fonce sur les deux jeunes à moto penchés au-dessus de ma portière. Avec une violence qui me laisse bouche bée, elle leur crie que je suis flic, qu'elle porte plainte contre eux si jamais ils continuent de la suivre, que Fabien discute mariage au parloir avec une autre pendant qu'elle lui garde son chat, alors merde arrêtez de me faire chier !

Elle se rassied dans la Triumph et claque la portière. Un rideau de gouttes s'abat sur nos genoux. Dans le rétroviseur extérieur, je vois les deux garçons remonter sur leurs motos et s'éloigner.

– Excusez-moi, dit-elle, le souffle court, en s'essuyant le front avec sa manche.

Elle est vêtue n'importe comment : minijupe noire zébrée d'éclairs mauves, chemise à carreaux jaunes, ciré vert poubelle, une banane en plastique autour de la taille et des bracelets de princesse orientale. Autant de contrastes que dans son attitude, entre le calme attentif qui émanait d'elle l'instant d'avant et la violence glacée qui vient de disparaître aussi vite qu'elle avait surgi. Il y a la guerre en elle. La tension, la froideur et le recul de ceux qui ont connu les vrais dangers, les vraies luttes pour s'imposer, survivre et demeurer intacts.

– Mouss et Rachid, me présente-t-elle à titre rétroactif.

– Je n'ai pas eu le temps de vous demander si vous souhaitiez que j'intervienne.

Elle pose la main sur mon bras, me dit que j'ai été parfait : ils ont toujours des couteaux sur eux, ils peuvent être très gentils mais tout dépend de ce qu'ils ont fumé.

– C'est à cause d'eux que mon compagnon est en préventive, alors ils se sentent des devoirs. Ils me surveillent, ils se pendent à mes basques – évidemment, ils n'ont rien d'autre à faire. Ils *répondent* de moi, comme ils disent à Fabien. Mais de quel droit ? De quel droit ils osent me juger, me punir au nom des valeurs musulmanes ? Ils ne savent même pas ce que c'est ! Ils ne connaîtront jamais le pays de leurs ancêtres, et ils veulent m'apprendre d'où je viens ! Ils sont français, eux ! Leur patrie c'est la cité Jean-Moulin, leur religion c'est le foot et les joints, alors qu'ils arrêtent de me faire la morale ! L'honneur, pour eux, c'est d'enfermer leurs sœurs, leurs copines et les copines de leurs copains au nom du Prophète, comme ils ont le front de me dire en face, à moi qui suis musulmane obligatoire, c'est marqué sur mon passeport : sunnite de naissance ! Et moi je m'en fous de ce qu'ils appellent la religion, le Dieu auquel j'appartiens est un Dieu d'amour qui respecte les femmes, l'alcool, la vie et le Dieu des autres ! Je ne supporte plus ces gens ! Je ne veux plus de ce monde-là ! Je suis venue chercher autre chose en France !

Les larmes ont lézardé sa voix sans monter jusqu'à ses yeux. Elle me regarde, étonnée, désigne le capot qui vibre dans un son rauque.

– On a démarré ?

Je lui demande où elle veut aller. Elle se rejette en arrière, referme son ciré et me donne carte blanche : un endroit que j'aime. Je fais mine de chercher. Ça fait bien cinq minutes que j'ai trouvé, mais je la préviens que ça aura l'air d'un traquenard.

– Vous employez parfois des mots aussi vieux que moi, sourit-elle.

La Triumph bondit en avant et, de rocades en ronds-points, quitte les faubourgs de Mantes en alternant les montées de régime et les à-coups d'amortisseurs.

– Ça se dit encore, « tape-cul » ? s'informe-t-elle.

– Ça se dit, mais ça désoblige.

– Vous roulez toujours aussi vite ?

– Uniquement quand il y a des ralentisseurs. Je suis obligé d'accélérer pour les franchir, sinon la voiture est trop basse : elle reste coincée.

Croisant les bras sous les seins avec une grimace de douleur, elle répond qu'au point où elle en est, ça n'est plus vraiment grave. Je ne comprends pas très bien ce qu'elle veut dire, mais la pluie s'est arrêtée, le soleil mousse entre les nuages et je décapote à un feu rouge, au cas où elle aurait mal au cœur.

Cinq kilomètres plus loin, nous entrons dans la forêt. Je me gare au carrefour des Quatre-Chênes, qui ne sont plus que trois depuis l'hiver dernier. Le bruit du moteur était trop présent dans l'habitacle pour entretenir la conversation, et nous restons un instant silencieux, décalés, sans prise. J'attrape la bouteille de champagne et les deux gobelets, descends ouvrir sa portière. Elle se déplie en grimaçant, me confie que je lui rappelle les autos tamponneuses à Vancouver.

– On ne me l'a jamais dit.

– Il n'y a pas de quoi être flatté.

– C'est joli, Vancouver ?

– C'était la première fois que je voyais l'automne, les arbres en couleurs. Sinon il pleut tout le temps, les gens font du jogging à sens unique sur des pistes fléchées avec leur capuche et leur walkman, ils adorent leur ville parce qu'en vingt minutes ils sont mille mètres plus haut, des skis aux pieds ; ils mangent très sain, ils boivent très peu, ils sont les premiers de tout le Canada pour le taux de suicide et doivent payer cinq cents dollars s'ils ne ramassent pas dans la rue les crottes de leur chien.

Après quelques pas dans l'allée cavalière, je lui demande si elle n'a jamais songé à travailler dans une agence de voyages. Elle ne sourit pas. Elle me dit qu'elle a été très heureuse à Vancouver, et puis très malheureuse, comme ici, et que c'est peut-être une fatalité. Elle n'avait pas d'autre moyen pour entrer en France que d'immigrer d'abord au Canada, au titre du regroupement familial. Si elle y était restée, elle aurait passé à l'université de Vancouver les diplômes qui lui auraient permis d'enseigner en anglais. Mais c'est la France qu'elle voulait. Et le problème, avec les rêves, c'est que parfois ils se réalisent.

Le silence retombe entre nos pas qui écrasent des brindilles.

– Vous avez des projets ?

– Non, j'attends. J'attends une lettre du rectorat pour savoir si l'embargo contre l'Irak me permet ou non d'être admissible à la Sorbonne, j'attends que Fabien sorte de prison pour s'occuper de son chat et me dire en face qu'il me quitte, j'attends que la France rétablisse ses relations postales avec mon pays pour que mes parents puissent toucher les mandats que je n'aurai plus les moyens de leur envoyer, j'attends qu'on se prononce sur le renouvellement de mon permis de séjour, qui dépend de l'obtention de ma carte d'étudiante pour laquelle on me demande mon permis de séjour ; j'attends l'impossible et, les jours où je n'y crois plus, j'attends d'être vieille pour n'avoir plus rien à attendre. Et vous ? enchaîne-t-elle avec un sourire de maîtresse de maison qui passe le plat.

Un grand vide se fait dans ma gorge. Je n'arrive plus à être malheureux devant cette fille. Je ne sais pas ce que je ressens. Elle ne m'excite pas ; elle m'enchante. Elle doit penser que je la drague et c'est moi qu'elle séduit, sans le vouloir ; tout m'attire en elle et rien ne me retient : j'aime qu'elle soit près de moi et je n'ai pas envie d'elle. Moi qui n'ai jamais conçu l'amitié avec une femme autrement qu'en étant son amant, et inversement, je me sens complètement chaviré par ce coup de foudre sans passion ni désir, ce lien déjà si profond, si intime avec cette petite Irakienne qui parle ma langue mieux que moi, qui démonte mon pays pour me faire voir combien les rouages en sont absurdes, et qui évoque le ratage de sa vie avec autant de lucidité que je vis l'effondrement de la mienne.

Au bout d'une quinzaine de caddies et d'un trajet en voiture, j'ai l'impression que notre dialogue est, plus qu'une évidence, une habitude, et je me sens uni comme un frère à la petite sœur que je n'ai jamais eue qu'en rêve. La petite sœur que je demandais pour Noël à mon père, les premières années où il me voyait en cachette. La petite sœur naturelle. Pour qu'on soit deux à le partager, à être forts et fiers de lui face aux connards qui nous traiteraient de bâtards. Mon rêve de sœur qui s'est achevé le 13 avril 1978 par un « salut bonhomme ».

– Vous écoutez ce que vous allez me dire ?

La formule est si touchante, si vraie que je me contente de hocher la tête en restant muet. Que lui raconter d'autre que le petit garçon que j'étais ? Celui que je redeviens toujours lorsque le temps se gâte ; le seul qui sache braver les éléments. J'ai coupé à travers le bois de hêtres en direction de la pinède, nous nous enfonçons dans la terre sablonneuse. Les branches qui s'égouttent nous envoient des bouffées chaudes et fades où l'humidité des mousses étouffe les parfums de résine. Je l'observe du coin de l'œil lorsque nous passons devant l'un des jeunes bouleaux blessés que j'ai béquillés. Elle marche en regardant tantôt le ciel, tantôt le sol ; les arbres ne lui parlent pas.

Le petit toit de chaume fume au soleil, en contrebas. C'est là, dans cet abri désaffecté pour bûcherons d'avant-guerre, au temps où l'Office national des forêts ne planifiait pas encore la nature, que les journaliers venaient dormir à la saison des coupes. Depuis, un simple cadenas rouillé défend la porte de la cabane ; il suffit de déclouer la poignée pour entrer, et d'y repasser la chaîne du cadenas avant de renfoncer les clous quand on s'en va. Nous étions cinq garçons du voisinage à nous partager la cachette. Il y avait des tours de rôle, des permanences, un inventaire et un règlement de copropriété : pas question d'y amener un adulte ou une fille ; l'abri était réservé à l'accueil des Envahisseurs, ces extraterrestres qu'on voyait à la télé et que seuls deux détails permettaient de reconnaître : ils avaient le petit doigt en l'air et ils s'évaporaient quand on leur tirait dessus. Collabos dans l'âme, nous avions décidé de sympathiser avec eux pour qu'ils nous débarrassent des grandes personnes. Nous brandissions fièrement nos auriculaires pour qu'ils nous repèrent, et j'étais monté accrocher sur le toit de chaume une pancarte : « Bienvenue sur la Terre » à l'intention des soucoupes volantes.

C'est là que je suis venu me réfugier, lorsque ma mère a vendu la ferme pour payer à mes grands-parents une belle maison de retraite et à moi un internat prestigieux. Je ne voulais pas quitter ma forêt, je n'irais pas vivre à Paris dans une école à dortoir ; j'avais des provisions pour un mois, trente boîtes de Vache-qui-rit et vingt paquets de Choco

BN, achetés en plusieurs jours dans des endroits différents pour ne pas éveiller les soupçons. Les recherches étaient toujours abandonnées au bout d'un mois, à la télé : on me croirait mort et on me foutrait la paix. Des ramasseurs de champignons m'ont trouvé le deuxième jour, frigorifié, à demi asphyxié par le feu que j'avais tenté d'allumer.

Ensuite il y a eu la traversée du désert, ces dix ans de pensionnat hors de prix qui ont permis à ma mère de m'oublier sans remords sous le soleil de Californie ; un chèque par mois et trois visites par an, flanquée de son mari chirurgien esthétique. Ces dix ans de prison « pour mon bien » qui m'ont rendu encore pire, immunisé à jamais contre la bêtise ordonnée, la vie collective et l'injustice, et puis soudain le succès fracassant de ce que les grandes personnes appelaient mes « enfantillages » ; la fortune imprévisible qui m'a permis de racheter la ferme, de la « dérestaurer » et d'y installer, douze ans plus tard, ma femme et son fils.

César m'écoute, assise sur l'un des bancs vermoulus de la cabane. Dans le temps, il y avait une table et trois matelas de crin face à la porte. Plus personne ne vient, apparemment, plus personne n'assure de permanence pour les extraterrestres ; plus personne ne sait comment ouvrir la porte et tout le monde doit s'en foutre. Mes compagnons d'armes ont emporté leur secret dans la tombe, la nostalgie, la vie active ou l'inexistence. Ils ont tous déménagé et je ne sais rien d'eux. Le jour où j'ai voulu montrer à Raoul, avec force mystères, cet abri pour Martiens au fin fond de la pinède, il s'est tordu le pied, une araignée l'a piqué, il avait un devoir à finir et j'avais oublié le goûter. A chacun son enfance ; ses cachettes sont ailleurs.

– A Bagdad, murmure César en caressant les murs de pierres sèches, une légende dit que le lieu où l'on dort contient la clé de l'au-delà. Il faut graver sur chaque pierre le nom de la personne disparue qu'on aime, vos rêves ensuite fertilisent ce nom et elle peut vous apparaître, chaque fois qu'elle le désire.

Je m'assieds à côté d'elle, sous la poutre basse qui touche mes cheveux. J'ai l'impression que la cabane s'est encore enfoncée, depuis la dernière fois que j'y suis entré, il y a deux ou trois ans. Un parfum d'aiguilles sèches et de cave oubliée monte du sol. Je demande :

– Ça a marché ?

– Oui. Pendant la guerre contre l'Iran, un matin, en me réveillant, j'ai trouvé mon père devant mon lit. Il n'en revenait pas de voir son nom sur toutes les pierres apparentes que j'avais dessinées sur les murs de ma chambre. Après j'ai su qu'en fait, il n'était pas mort, il avait simplement une permission, mais j'étais contente quand même.

Je débouche le champagne, remplis nos gobelets. Un peu de mousse glisse le long de nos doigts. On trinque avec un bruit mou, dans un rayon de soleil qui traverse le seuil et disparaît le temps d'un nuage. Ses cheveux noirs brillent dans la toile d'araignée qui relie le mur à la poutre au-dessus de nos têtes.

– A votre avenir, César.

– A votre passé.

Ça pourrait être de l'ironie ; ça n'est qu'une forme de respect, une connivence, un acquiescement. Brusquement elle s'étrangle dans les bulles et gémit en se tenant le côté.

– Qu'est-ce qu'il y a ?

– Je n'ai pas le droit de rire ! me reproche-t-elle.

– Mais je n'ai rien dit !

– Non, c'est moi... En plus je pensais à une chose qui n'est absolument pas drôle.

Elle enfonce les ongles dans ses paumes, le regard au sol, la bouche mordue pour redevenir sérieuse. Un coup de vent agite la chaîne du cadenas pendue au crochet scellé dans le mur. Je me tais pour respecter la gravité qui peu à peu revient sur son visage. Après une longue inspiration, elle avale sa salive et laisse tomber :

– Quand Saddam Hussein a décidé de reconstruire Babel… Sur chaque brique, lui, il a fait marquer son propre nom.

En quelques mots la réalité du monde s'est faufilée dans cette cabane à rêves. Elle a mentionné son chef d'État sur une intonation de crachat. Elle se rend compte qu'elle a jeté un froid, ressent le besoin de nuancer sa haine :

– Vous savez, Saddam n'est pas le fou diabolique dont on ricane en France dès qu'il cesse de faire peur. Il ne veut pas la disparition de notre peuple ; il veut juste nous réguler, dans un souci d'harmonie. Et encore, je fais partie des Kurdes nés à Bagdad : ceux-là, on ne les gaze pas, on les ponctionne. Il y a ceux qui meurent gratuitement, et ceux qui paient pour vivre. Ou pour quitter le pays. Ou pour avoir l'autorisation de se vendre. Vous n'avez pas idée de ce qu'est devenue la prostitution, avec Saddam. C'est son problème ; il n'y a pas à le juger, simplement à le combattre. Malheureusement personne ne le fait : on se contente de lui déclarer la guerre comme on lance un film.

Les mots tombent de ses lèvres en cadence. Ce n'est pas un réquisitoire, un discours répété, un tableau militant ; c'est le pendant de mon passé, la réponse aux souvenirs que je lui ai livrés : on se donne nos enfances comme on échangerait notre sang.

– Tantôt on le prend pour un danger mondial, tantôt on le montre comme une victime – en fait, c'est un intermittent du spectacle. Périodiquement, les États-Unis le distribuent dans le rôle de l'ennemi public numéro un pour stimuler leur industrie, doper leur Bourse, mobiliser leur peuple et détourner son attention. Moyennant quoi ils le laissent aux commandes d'un pays assassiné par l'embargo, où il n'y a plus rien qui pousse, plus rien qui se passe, rien à manger et même plus de livres ; un pays qui était riche, magnifique et où il ne restera bientôt plus que des ingénieurs et des militaires interdits de visa, une poignée de fanatiques, des résignés, des pauvres et des putes !

Elle a parlé par saccades, au rythme des larmes qui inondent ses joues, les mains battant sur ses genoux la mesure de sa révolte, de son impuissance, de ses vingt ans qui ne servent à rien et de son exil qui ne l'a menée nulle part. Ballotté de tendresse entre son désespoir, sa clairvoyance et ses partis pris, je passe un bras autour d'elle et attire son visage contre le mien.

– Ah non, pas vous ! crie-t-elle en se relevant d'un bond.

Sa tête cogne la poutre, elle vacille et retombe dans mes bras.

– César !

Son corps est tout mou, ses yeux fermés, sa tête pend. Je l'allonge sur le sol. Un filet de sang coule de son nez. Affolé, je tapote ses joues, prends son pouls, colle l'oreille contre sa poitrine. Le cœur bat normalement, j'ai l'impression, mais je n'y connais rien. Si jamais elle s'est fait une fracture du crâne et que je la transporte jusqu'à la voiture, je risque de provoquer une hémorragie cérébrale...

J'arrache le portable de ma ceinture, m'acharne sur les touches que mes doigts enfoncent deux par deux. L'écran s'éteint avant que j'aie fini de composer mon code. Je n'ai pas rechargé ma batterie. Je bondis hors de la cabane, appelle au secours. Des oiseaux s'envolent. Je hurle. Aucune réponse. Aucun bruit. Avec la pluie de ce matin, personne n'a eu l'idée de venir se promener en forêt. Je guette en vain le son d'une tronçonneuse, au loin, je cours au sommet de la colline pour apercevoir les allées cavalières, la piste cyclable. Rien. Je m'égosille en tournant sur moi-même. L'écho me répond à peine.

Je redescends vers la cabane, l'examine à nouveau. L'hématome est énorme, sous mes doigts. Son nez ne saigne plus, sa respiration est régulière, mais elle est totalement inconsciente. Je la pince, la griffe, la chatouille ; aucune réaction. Elle est dans le coma. Je me penche à son oreille, lui murmure des paroles apaisantes, si jamais elle m'entend... Ce n'est rien, tout va bien, je ne lui veux aucun mal, elle s'est fait une simple bosse, je vais chercher un médecin, j'en ai pour cinq minutes, elle est en sécurité, elle est à l'abri dans mon refuge d'enfant...

Je boutonne son ciré jusqu'en haut, la regarde une dernière fois, ramène les mèches sur ses joues comme elle le fait pour cacher les cicatrices. Et je cours de toutes mes forces jusqu'à la voiture.

# 18

Il est devant moi. Il sourit. Il est beaucoup moins vieux qu'à Vancouver. Beaucoup moins vieux qu'en Jordanie. Il est comme à Bagdad, avec le sourire en plus. Ses doigts ne sont plus déformés du tout. Il joue une musique que je n'ai jamais entendue. Les cordes de son violon sont des toiles d'araignées qui rendent le plus beau son du monde. C'est cela, le paradis ?

Non, c'est lui qui est descendu me voir ; je suis encore sur terre, dans une cabane. Je n'y suis jamais venue, mais pourtant son nom est écrit sur toutes les pierres... *Babagaura*... Grand-père... Je suis en France, écoute... Je te parle français... Réponds-moi... Comment ? Non, ne t'arrête pas de jouer. S'il te plaît... Qu'est-ce que tu regardes ?

On tape à la porte ouverte. Grand-père a disparu. Je me redresse. Son nom n'est plus marqué autour de moi. J'ai mal sur le côté, j'ai mal dans toute la tête.

Une voix demande qui je suis. Et puis le silence. Il fait noir et je n'entends plus. Je me sens de mieux en mieux.

# 19

En dix minutes, j'étais chez le médecin du village. Deux personnes dans la salle d'attente : un jeune couple en short, un bras en écharpe, des écorchures partout, un accident de vélo. Ils se caressent, enlacés, se rassurent, me sourient, me racontent. La panique a cédé le pas à l'angoisse. Si jamais elle meurt, c'est ma vie qui est foutue. Tentative de viol, homicide volontaire, délit de fuite... Le scénario se déroule, implacable. Ingrid. La police. Les journaux. Raoul...

En plus d'avoir perdu ma femme et mon fils, j'aurai perdu la liberté, et même si on m'acquitte sans preuves j'aurai causé la mort d'une fille formidable qui avait un vrai destin en elle. Comment survivre ? Et pourquoi, pour qui ? Faire mon deuil de tout ce qui a un sens pour moi et me retrouver comme à huit ans dans un monde de barreaux, d'adultes sérieux qui voudront me comprendre, m'aider, me punir pour mon bien, me faire rentrer dans leurs règles en cassant tout ce que je suis...

La poignée tourne. Le médecin finit de répondre à son patient derrière le battant ; il va pousser dans quelques secondes la porte de communication. Les amoureux se lèvent, le garçon soutient la fille qui marche à cloche-pied. Mon sort se joue là, en cette minute. Leur demander de me laisser leur tour, sauter sur le médecin qui ne me connaît pas, qui est un remplaçant pour l'été ?

La porte s'ouvre. Je bondis hors de la salle d'attente, traverse la rue, fonce jusqu'à la place de l'Église. J'entre dans l'atelier de Roberto, mon garagiste, lui demande de me prêter son portable. Devant mon air affolé, il croit que j'ai eu un accident. Je dis non, lui arrache le téléphone des mains dès qu'il a introduit son code, lui promets de le lui rapporter au plus vite, et je cours reprendre ma voiture.

En démarrant, je compose le numéro du Samu, explique la situation, indique la route, donne le numéro du portable pour que les ambulanciers m'appellent en arrivant au carrefour des Quatre-Chênes : je viendrai les chercher. Et je retraverse la forêt, pied au plancher, en priant tous les dieux de la Création pour qu'ils sauvent la petite Irakienne et qu'ils épargnent ma famille.

Lorsque j'arrive, hors d'haleine, devant la cabane,

j'entends sa voix. Elle parle à quelqu'un, doucement – un débit un peu lent, mais des phrases aussi construites que tout à l'heure. Un bonheur fou explose dans ma poitrine, je crie merci intérieurement à toutes les forces que j'ai implorées, je vais pour entrer, et je me fige.

# 20

J'ai d'abord senti son souffle sur mon visage, puis ses doigts dans mes cheveux. Il écarte les mèches. Il touche mes joues. Il pousse un petit cri de victoire.

J'essaie d'ouvrir les yeux. Mes paupières sont si lourdes, j'ai du mal à les maintenir, et puis les globes de lumière qui scintillent me font trop mal.

– Ça va ? Bouge pas, tu risques rien, je suis gentil.

C'est une voix d'enfant. Je m'entends prononcer :

– Où suis-je ?

– Sur la Terre.

– On se connaît ?

– Moi je t'ai reconnue. Tu as la marque.

– La marque ?

– A force de te gratter. La marque des fées. Mais tu te souviens pas, c'est normal. T'es asménique... amnémixe...

Je me redresse sur un coude. La tête me tourne mais les globes s'effacent autour de lui. Il a sept ou huit ans, peut-être moins, il paraît tout petit. Il s'énerve sur le mot, agenouillé au-dessus de moi :

– Amsénique... Asmé...

– Amnésique ?

– Ouais ! lance-t-il, les yeux brillants derrière ses lunettes rondes. Ça veut dire que t'as perdu la mémoire. Hein, t'as perdu la mémoire ?

Il y a tant d'espoir dans sa voix que je réponds oui. Il me répète que c'est normal, sur un ton rassurant. Les souvenirs me reviennent peu à peu, dissipent une sensation très douce, comme un rêve dont j'aurais gardé l'humeur sans retrouver le sujet.

– Je vais t'expliquer : tu es une fée. Mais tu te rappelles plus, alors faut que je te recharge les piles, que je te ractive tes pouvoirs.

Je vais pour corriger machinalement, lui faire remarquer qu'on dit « réactive », et puis je prends conscience des paroles qu'il vient de prononcer. Il me demande comment je m'appelle, et claque des doigts d'un air agacé avant que j'aie pu répondre :

– J'suis con, c'est vrai : tu sais plus. Ça fait rien. Moi c'est Raoul Aymon d'Arboud, vicomte de Valensol quand je serai grand. C'est mon père qui m'a expliqué, pour les fées. Pas le père de mon nom, il est mort : le vrai. C'est un inventeur de jouets, il fournit le Père Noël. Mais ça n'existe pas, le Père Noël : c'est le petit Jésus qui se déguise pour donner aussi aux enfants qui ne croient pas en lui. T'as compris ? Répète.

J'obéis, la bouche sèche, lui demande comment son père connaît les fées.

– C'est elles qui lui filent des idées pour les jouets, tiens ! C'est pour ça que tu connais sa cabane secrète. Ça te revient ?

– Pas bien.

– Normal. Quand vous exaucez les vœux, après vous savez plus qui vous êtes et il faut vous réduquer.

– On dit « rééduquer », non ?

– J'sais pas.

– Comment il s'appelle, ton père ?

– Rockel Nicolas. Il est sympa, très grand, il était un peu gros mais là il a maigri parce que maman l'aime plus.

Je replie un genou. Il m'aide à me lever, en me recommandant de faire attention. Je vacille, m'assieds à tâtons sur le banc.

– Mais qu'est-ce qui te fait croire que je suis une fée ?

– Tu as la marque sur les joues, j't'ai dit ! Et puis je t'ai appelée.

– Tu m'as appelée ?

– Ouais, partout : avec mes prières, avec les arbres, avec Internet chez Ludovic... Ludovic Sarres, c'est mon meilleur ami. Tu le connais pas ?

– Non.

– D'façon t'es à moi, je t'ai trouvée le premier : c'est mes vœux à moi d'abord. Et puis lui, les fées, il y croit pas. Le con, ajoute-t-il en gloussant dans sa main.

Je rabats mes cheveux sur mes joues.

– C'est ton père qui t'a parlé des marques ?

– Même sans, je t'aurais reconnue.

– Pourquoi ?

– T'es pas comme les femmes ordinaires.

– Ah bon ? Qu'est-ce que j'ai de plus ?

– Rien. T'as pas de seins, t'es gentille, t'as pas de gros talons et t'es petite. C'est pour qu'on te voie pas. C'est comme les espions chez les Russes. Ils savent pas qu'ils sont pas vrais, et un jour on le leur dit, alors ils font ce qu'ils doivent faire. Mais bon, toi, c'est pas ton truc. Toi tu dois exaucer trois vœux.

– Pourquoi trois ?

– C'est comme ça. Discute pas : tu fais ce que je te dis et tu redeviens magique.

– Comment es-tu arrivé ici ? C'est ton père qui t'a amené ?

– Il s'est barré pour de bon, mon père, j'te signale ! Il m'a laissé chez Ludovic, il veut plus de moi parce que maman le quitte et que je suis pas de lui. Mais ça va s'arranger.

Je retiens mon geste vers sa nuque. Ce serait un

geste maternel, et cela n'a rien à faire entre nous. C'est un petit soldat, un enfant-homme arraché à l'insouciance, au bonheur du foyer, comme ceux que je voyais défiler sous ma fenêtre à Bagdad. Mais lui il est tout seul, sans uniforme, avec pour toute arme un vieux rêve qui n'est plus de son âge et qu'il s'obstine à rendre vrai.

Il s'assied à côté de moi.

– Tu viens souvent ici, Raoul ?

– Oui. C'est quand je suis malheureux et que j'ai des choses à prier. Avec une branche morte, tu relèves un petit arbre cassé et tu le coinces, pour le sauver. J'ai vu papa qui le faisait. C'est un truc magique, pour prendre la force des arbres qui te remercient. Lui, il disait : « Je vous en supplie, faites qu'on se retrouve. » Il parlait de maman, alors j'ai fait pareil avec toi, mais moi j'ai sauvé un plus gros arbre et t'es là. Ça te revient ?

– Un peu.

– Super !

– Bon, écoute, je dois m'en aller...

Il me retient, paniqué.

– Non, tu peux pas ! Faut que tu restes cachée !

– Pourquoi ?

– Tant que je t'ai pas rendu tes pouvoirs, c'est trop dangereux. Y a des sorciers qui bouffent les fées en omelette, j'te signale !

– Moi aussi j'ai faim, Raoul... Il faut que je mange.

– Je m'en occupe. Mais tu bouges pas, promis ?

Je soutiens son regard. Les larmes me viennent devant tant de supplication, tant d'attente et d'espoir.

– Promis ?

– Promis.

Son visage s'illumine. Il précise :

– Attention, si tu tiens pas tes promesses, t'existes plus.

– Et combien de temps je dois rester cachée ?

– Faut que tu réalises mes vœux. Ça sera la preuve que t'as retrouvé tes pouvoirs et que tu risques plus rien.

– Et quels sont tes vœux ?

– Tu peux pas encore.

– Dis toujours : j'essaierai de m'entraîner.

– Tu le crois, alors, que tu es une fée ?

– Oui. Si tu le penses.

Son sourire jaillit, disparaît aussitôt. Il redresse la tête, prend sa respiration, brandit le poing sous mon nez et lève un doigt après l'autre.

– Un : grandir. Au moins être à un mètre vingt-huit comme Ludovic. Deux : que maman divorce pas et qu'elle recommence à aimer papa comme avant. Trois : que papa rencontre une autre femme, pour qu'il soit à égalité avec maman, comme ça elle pourra garder aussi le type qu'elle a rencontré, parce que sinon ça marche pas. J'ai vu, avec les parents de Ludovic : Mme Sarres elle a obligé son mari à plus voir son autre femme, et depuis c'est la merde, ils s'engueulent toute la journée. OK ?

J'esquisse une moue et je murmure sur un ton timide :

– Tu veux que je réalise les trois vœux en même temps ?

– Pas dans l'ordre, t'es pas obligée. Et puis faut pas que je prenne d'un coup vingt centimètres : ça ferait louche. OK ?

– OK.

Il me tend sa main pour toper. Nous claquons nos paumes. Comme une faveur, il me glisse :

– Ça peut être toi, si tu veux, la femme que papa rencontre. T'as le droit. Même c'est mieux : je te connais, et puis si un jour maman veut plus que tu le voies, ça te fera rien.

Il saute sur ses pieds, content de son idée.

– Allez, bouge pas, je reviens dans une heure et demie. T'aimes le gigot ? C'est ce qu'on a, je crois, à midi. Bisou.

Il jaillit hors de la cabane. J'entends le tintement de la sonnette quand il ramasse son vélo. Il repasse la tête, me dit avec gravité que si j'ai besoin d'aller aux toilettes, c'est à gauche en montant jusqu'à la piste cyclable et puis à droite vers le carrefour de la Croix-Saint-Jean, le petit chalet vert à côté de l'étang. Il ajoute, avec un sourire flamboyant :

– Je vais être super-heureux. Et toi aussi, j'te promets.

# 21

J'ai attendu cinq bonnes minutes avant de pouvoir entrer. Je l'ai trouvée sur le banc, adossée au mur, en train de fumer. C'est elle qui m'a demandé si ça allait. Comme je ne répondais pas, elle a enchaîné :

– Vous êtes là depuis longtemps ?

– Je suis désolé, César.

– Au contraire : vous pouvez être fier. Il est fabuleux, votre fils. Quelle preuve d'amour... Et quelle confiance.

– Je parlais du geste que j'ai eu.

– Quel geste ? Vous oubliez que je suis amnésique.

Son sourire m'a tétanisé. L'espace d'un instant, je l'ai crue. Puis elle s'est relevée, m'a secoué les bras :

– Remettez-vous, Nicolas. Tout va bien. Vous ne répondez pas ?

– Si... A quoi ?

– Vous êtes en train de sonner.

J'ai sorti le Samu de ma poche, mais c'était le

garage du Poste-Blanc à Beynes qui demandait à Roberto s'il lui restait des tiges de culbuteurs pour MGA Twin-Cam. J'ai dit non, j'ai coupé la communication et je lui ai murmuré pardon.

– C'est moi, Nicolas. Je suis navrée de vous avoir repoussé comme ça... J'ai eu un petit incident avec un homme, il y a deux jours ; vous n'êtes pas en cause.

J'ai voulu savoir si elle se sentait de marcher jusqu'au carrefour des Quatre-Chênes.

– Oui, je vais très bien, mais non : je n'ai pas le droit de bouger d'ici.

J'ai froncé les sourcils. Elle se tenait les mains dans le dos, le menton haut, toute fière. J'ai insisté pour qu'elle se fasse examiner, pour qu'elle passe des radios : on ne sait jamais ce que peut déclencher un coup sur le crâne. Elle a posé les mains à plat sur ma poitrine, elle m'a précisé qu'elle allait à l'université sous les bombardements, que la police de Bagdad l'avait matraquée à plusieurs reprises pendant le soulèvement des Kurdes, qu'on l'avait jetée la tête la première sur des barbelés pour lui faire la « marque des fées », et qu'elle était restée trois jours cachée dans un charnier à la frontière iranienne.

– Vous êtes rassuré ? a-t-elle conclu avec le sourire immobile qu'elle affichait naguère derrière son tapis roulant. Le jour où je serai en danger, croyez-moi, je le saurai.

Le téléphone a sonné de nouveau. C'était le médecin du Samu ; je lui ai dit de patienter.

– Non, je ne suis pas rassuré, César. Vous n'avez pas bonne mine du tout.

– C'est parce que j'ai faim ! Il m'a donné envie, l'autre, avec son gigot..

– Je vous emmènerai déjeuner, mais d'abord vous passez un scanner...

– Et que pensera-t-il, votre fils ? Quand il reviendra dans une heure et demie avec son gigot, il se dira que les sorciers m'ont mangée en omelette !

L'appareil vibrait dans ma paume. J'ai remonté à mon oreille le médecin qui nous signalait que le Samu est un service d'urgence et qu'il n'allait pas attendre une plombe qu'on ait choisi le menu.

César m'a pris le téléphone des mains et a demandé si l'hôpital était loin. Elle a négocié la durée du trajet, a dit qu'on arrivait et m'a rendu le portable.

En remontant à travers la pinède, je lui ai posé la question que je retournais dans ma bouche depuis que je l'avais entendue parler à mon fils :

– Mais qu'est-ce que vous comptez faire, avec Raoul ?

Elle a levé vers moi un visage serein .

– L'exaucer, pourquoi ?

# 22

Il m'a pris un ticket rouge, semblable à ceux du rayon des fromages à la coupe. Un écran électronique affiche, ponctué à chaque fois d'un bip nasillard, le numéro du patient qu'on appelle. Encore une quarantaine et je pourrai m'acquitter des formalités pour obtenir la fiche de circulation qui me donnera le droit d'aller patienter aux urgences.

Sur la vitre qui protège le guichet, un joli dessin montre une gentille dame qui dit « Bonjour ! » dans une bulle en souriant. Ce qui permet à l'employée, vingt centimètres plus bas, de continuer à faire la gueule en gagnant du temps sur les civilités.

Excédé, Nicolas tourne en rond parmi les bandages, les plâtres et les fauteuils roulants. C'est le premier Français qui s'inquiète pour moi. J'en suis toute remuée et toute meurtrie ; cela m'est presque désagréable. Anachronique. Il regarde l'heure, essaie de parlementer. Comme il se heurte à des murs (« Tout le monde c'est des urgences, monsieur, et ma collègue est la seule ouverte : c'est les vacances »), il finit par crier que l'avenir d'un enfant est en jeu. Une vieille dame roule vers lui dans son fauteuil, lui propose d'échanger leurs numéros : elle n'est plus à une heure près. Nous gagnons d'un coup trente-huit places. Je dis à Nicolas :

– Vous êtes magique, vous aussi.

Il ne répond pas. Il est complètement oppressé par ma décision, mon caprice, comme s'il était grand couturier et que je veuille porter tous les jours la robe qu'il m'a faite sur mesure. Et encore, nous n'avons pas évoqué le problème que nous pose le contenu du troisième vœu.

Il s'approche d'un distributeur, me demande si j'ai envie d'un Mars ou d'un Bounty. Je lui réponds non merci : je me réserve pour le gigot. Je voudrais qu'il cesse de s'inquiéter pour moi. J'aimerais qu'il me parle de sa femme.

## 23

Louisette dépose les hors-d'œuvre sur la table de la cuisine, sans cesser de fredonner la chanson que diffuse sa radio sur le frigo. Raoul n'a pas montré de joie particulière en me voyant de retour, alors qu'apparemment il me croyait « barré pour de bon ». Sans doute veut-il éviter d'éveiller mes soupçons en affichant un bonheur prématuré : c'est une surprise qu'il me prépare. Il répond à peine à mes questions. Il parle au labrador qui tourne autour de nous dans l'attente du gigot.

– Tu ne devais pas déjeuner chez Ludovic ?

– Son ordi a bogué.

– Prends des carottes, lapin, lui conseille Louisette. C'est bon pour c'que t'as.

Le petit hésite. Il déteste les carottes râpées. Les fées aussi, certainement. Il fait non de la tête, regarde sa montre et dit qu'il est pressé : M. Sarres l'emmène à une compétition de tennis à Maisons-Laffitte. Je regarde mon petit garçon comme je ne l'ai jamais vu. Je connais sa dignité, ses silences, sa rigueur dans l'humour et sa volonté farouche de justifier les chimères auxquelles il veut continuer de croire. J'ignorais qu'il mentait si bien. Qu'il dissimulait avec autant d'aisance, qu'il inventait avec une telle justesse. Depuis combien de temps ? A-t-il réellement dormi chez Ludovic ? Ou a-t-il passé la nuit dans ma cabane – dans *notre* cabane ? L'image de Raoul soignant à ma façon, à mon insu, les arbustes cassés en leur plantant des béquilles m'émeut tellement que je suis incapable d'avaler une bouchée.

Louisette pose la purée devant nous et commence à découper le gigot. Je laisse tomber ma serviette, me baisse pour regarder sous la nappe. Il a étalé une feuille d'aluminium sur ses cuisses, en attente. J'aspire mes joues pour ne pas sourire, en remontant à la surface. Je crois qu'il ne m'a jamais autant attendri, qu'il n'a jamais mieux mérité la passion systématique que je lui voue depuis que je suis tombé amoureux de sa mère. Que va-t-on faire, Raoul ? Combien de temps vas-tu séquestrer dans mon abri à Martiens cette jolie fée consentante ?

Tout à l'heure, en quittant l'hôpital où les médecins, au lieu de la fracture du crâne que je redoutais, lui avaient trouvé trois côtes fêlées, je lui ai proposé de la déposer chez elle. Elle a dit non, sur un ton calme et définitif. Au carrefour des Quatre-Chênes, elle a abrégé les adieux en me rappelant qu'on m'attendait sûrement pour déjeuner : je lui retardais son service. Et elle m'a donné un trousseau de clés, l'adresse de la cité Jean-Moulin et le nom du chat qu'elle me remerciait d'aller nourrir.

Je l'ai regardée partir dans le soleil, légère et butée, sûre de la décision qu'elle avait prise. La même allure et la même attitude joyeusement suicidaire que j'avais eues trente-trois ans plus tôt, sur ce même chemin, en allant m'enfermer dans cette cabane de sauvetage. Puisque le monde ne voulait plus d'elle, elle quittait le monde pour assumer le rôle qu'un enfant lui avait confié ; le seul être sur terre, se disait-elle sans doute, qui avait encore besoin d'elle et pour de bonnes raisons.

Renonçant à la dissuader, à la convaincre avec des arguments que je réfutais moi-même, je lui ai lancé de loin :

– Vous voulez que je vous rapporte des affaires ?

– Votre fils s'en chargera.

Je redescends les yeux dans l'assiette de Raoul. La tranche de gigot a déjà disparu, et il manque un tiers de la purée.

– C'est délicieux ! dit-il en tendant son assiette à Louisette.

Elle fronce les sourcils.

– Me prends pas pour une gourde, biquet ! T'as donné au chien !

Il ne dément pas. Elle le ressert et s'assied en face de lui pour le regarder manger, les joues dans les mains. Afin d'éviter que ça ne refroidisse, je lance :

– Vous avez de la moutarde en grains, Louisette ?

– Et tu ne sais pas où elle est ?

– Non.

Elle se relève en ronchonnant, passe dans la salle à manger où la moutarde en grains trône sur le buffet depuis des temps immémoriaux. Chaque fois que je l'agace, elle me tutoie. Moi je la vouvoie depuis qu'elle m'a dépucelé, à quinze ans, chez son employeur parisien où j'étais allé lui rendre visite un mercredi après-midi, avant d'avoir les moyens six ans plus tard de la débaucher pour lui redonner sa place à la ferme. J'ai toujours gardé les lettres qu'elle m'adressait à l'internat. Mes seules fenêtres sur la liberté, la vie d'avant. Ma mère ne m'envoyait que des cadeaux trop chers et des cartes postales à la première personne du pluriel, pour que j'apprenne à considérer comme un nouveau papa son généreux Californien, qui me prendrait comme assistant lorsque j'aurais achevé mes études de médecine. C'est Louisette qui, jusqu'au bout, a tenu la main de mes grands-parents dans la maison de vieux où l'inaction les a tués à petit feu. C'est elle qui m'a rapporté les dernières paroles de Mémé Jeanne, s'apprêtant à rejoindre Pépé Jules parti quelques heures plus tôt : « Au moins, là-haut, on sera au même étage. » J'aime Louisette profondément, mais j'aurais dû couper le cordon depuis longtemps. Elle m'a dit quand je suis arrivé, tout à l'heure, qu'il n'y avait aucun message d'Ingrid, et son air de triomphe modeste valait toutes les prédictions apocalyptiques d'avant mon mariage. A la rentrée, si jamais le deuxième vœu de Raoul se réalise, je lui achèterai l'appartement sur la Côte d'Azur dont je la menace, les jours de crise, depuis dix ans qu'elle a dépassé l'âge de la retraite.

Je me lève et tourne le dos à Raoul pour ouvrir la fenêtre, tandis qu'il tousse par-dessus le bruit de l'alu qu'il replie. On ne te décevra jamais, bonhomme. La force d'amour qui t'habite gagnera ; je ne sais pas encore comment, mais je mettrai tout en œuvre pour que tu gardes tes illusions le plus tard possible. Ce sont nos illusions qui créent le monde.

Je suis monté dans mon bureau guetter son départ, au coin du vasistas qui donne sur la grille. Quelques minutes plus tard, je le vois passer sur son vélo qui tangue, avec sa raquette en bandoulière pour donner le change. Les deux sacoches sont pleines, la manche d'un de mes pyjamas flotte au vent. J'apprécie la délicatesse qui lui a fait choisir mes tiroirs plutôt que ceux de sa mère pour habiller notre fée. C'est une affaire entre nous. Un secret d'homme, qu'il me fera peut-être partager ce soir, ou demain, ou *après*.

Enroulés dans la feuille de papier kraft ficelée sur le porte-bagages, il me semble reconnaître sa couette et son matelas pneumatique.

# 24

Je crois que j'ai passé la plus belle nuit de ma vie. Belle n'est pas le mot. Pleine de moustiques et d'araignées baladeuses, sur fond de hululements sinistres et de galopades de rongeurs. Et je me suis réveillée complètement courbatue, sur ce matelas gonflable qui m'a torturé les côtes hier soir à chaque inspiration : Raoul avait oublié le gonfleur. Mais c'est sans doute ma nuit la plus riche en rêves, la plus concentrée, la plus « chargée ». Avant de m'endormir, avec le rouge à lèvres qu'il m'avait apporté, j'ai inscrit sur chaque pierre son initiale et celle de ses parents – par souci de discrétion plus que pour économiser le tube de sa mère. Et je me suis couchée en ressassant dans ma tête ses trois vœux, pour influencer mon sommeil et convoquer toutes les forces occultes qui pourraient m'aider à changer leur destin.

Je fonds devant ce petit bonhomme. Dans les sacoches qu'il a vidées, hier après-midi, il y avait même une boîte de Tampax et les cigarettes que je fume. Je lui ai demandé comment il avait deviné que j'aimais les Philip Morris.

– J'ai vu dans ta poche, tout à l'heure, quand je t'ai réveillée. Et c'est les mêmes que ma mère, en pas light, alors je les ai achetées au tabac du village en disant qu'elle essayait de fumer moins mais plus fort : ils m'ont cru. Tu tombes bien, en ce moment : il me reste encore plein de fric de mon anniversaire. J'ai une grand-mère en Amérique qui veut toujours m'envoyer plus que l'autre qui est en Belgique, alors je fais semblant que Mamina me donne des chèques énormes. En vrai elle m'offre des puzzles, mais je les planque. De toute façon, Granny Smith, elle vient jamais.

– Granny Smith ?

– C'est maman qui l'appelle comme ça, parce qu'elle brille comme les pommes et qu'elle est vachement acide.

J'avais pudiquement glissé sur le sujet, mais il a brandi les Tampax en questionnant :

– Les fées, ça a des règles ?

– Je suppose, ai-je dit en me rappelant que j'étais amnésique.

– C'est rouge ou c'est bleu comme dans la pub ?

– Je ne sais plus, Raoul.

– Tu seras de bonne humeur quand même ?

– Tu regardes trop les pubs.

– Non, ça c'est la mère de Ludovic. Quand elle râle, y a toujours son mari qui lui dit qu'elle a ses règles. T'as besoin d'autre chose ? Je t'ai mis du Nescafé, mais y a pas d'eau chaude. Ça sera peut-être bon avec la Saint-Yorre ?

– Peut-être.

– Allez, bonne nuit. Je pourrai pas revenir : j'ai dit que j'allais au tennis, et après on joue avec des Japonais sur Internet, chez Ludo. Tu veux que je t'apporte un pigeon, demain ?

– Je n'aime pas trop ça, je crois. S'il reste du gigot froid, c'est bon...

– C'est pas pour manger : c'est si tu as besoin de me parler, comme t'as pas de téléphone. On élève des pigeons voyageurs, avec Ingrid. Qu'est-ce que tu prends au petit déj' ?

– Croissants, œufs brouillés, bacon, thé de Chine, muffins et jus de papaye.

Il m'a regardée, bouche ouverte, un peu choqué. Il m'a fait remarquer, vertement :

– Dis donc, c'est pas moi la fée !

– Je te taquine.

Et je me suis penchée pour l'embrasser sur la joue. Il a cueilli mon baiser avec sa bouche, m'a appris que c'est ainsi que les fées embrassent les enfants. Je sens bien qu'il abuse de ma situation, mais je l'ai laissé me rouler un patin, l'air consciencieux.

– Pas mal, a-t-il dit avec une voix de petit expert. Ça commence à venir.

Et il est allé reprendre son vélo, les mains dans les poches de son short blanc, se retenant de sautiller de bonheur pour rester viril, au cas où je le regarderais.

Le soleil sort derrière la colline, entre les nuages mauves. Je descends au fond du vallon, prendre un bain dans le ruisseau que j'ai confondu toute la nuit avec la ventilation du parking en face de notre chambre à Vancouver. Pourquoi grand-père est-il si présent, dans cette cabane ? Je n'ai jamais réussi à faire venir son fantôme dans mes rêves, et j'ai perdu son image si vite. C'est à lui que je m'adresse pour que Raoul grandisse et que ses parents s'aiment à nouveau. J'ai un peu plus de mal avec le troisième vœu. Nicolas Rockel me plaisait bien, me touchait beaucoup mais, depuis que je connais son fils, il souffre de la comparaison. Il n'y est pour rien ; sans doute ai-je davantage envie d'un enfant, aujourd'hui, que d'un homme de plus, d'une illusion de moins.

Le dernier rêve dont je me souvienne est assez clair sur ce point : je faisais l'amour avec Nicolas, tout habillée, sans rien sentir, et puis j'étais enceinte sur les bancs de la Sorbonne et Raoul avait une petite sœur.

Le ruisseau est délicieusement frais, les cailloux roulent en douceur sous mes fesses. Au loin une biche et son faon escaladent une colline en courant au milieu des fougères. Depuis que je suis arrivée en France, je crois que c'est le premier matin où je fais ma toilette en chantant.

# 25

Le chat s'est planqué sous le sommier, le premier jour : je devais sentir le chien. J'ai vidé une boîte de Gourmet au saumon dans son assiette, et puis je suis allé m'asseoir dans le fauteuil en rotin devant la télévision, immobile, pour respecter son territoire. Le deuxième jour, après avoir mangé et reniflé sa litière propre, il est monté sur mes genoux, l'air en promenade. J'ai attendu qu'il frotte sa tête en ronronnant contre mon ventre, et je l'ai caressé. Mon dernier chat remonte à l'hiver 89 ; une orthophoniste que j'aimais deux fois par semaine dans son duplex de Levallois. J'ai des souvenirs. Je sais qu'il ne faut jamais tenter de forcer leur attention, ni anticiper leurs élans.

Je viens passer une heure chaque matin dans le studio de la cité Jean-Moulin. J'arrose les plantes, j'aère, je zappe, j'écoute des disques arabes en attendant vainement un appel d'Ingrid sur mon portable, et je dis bonjour d'un air sympa aux jeunes assis devant le bloc Myosotis, parmi lesquels se trouvent sans doute Mouss et Rachid. On me regarde sans répondre, sans hostilité non plus. C'est vrai qu'on me croit flic. Ou alors c'est parce que je descends la litière sale dans un sac-poubelle : ça ne ressemble pas vraiment à une perquisition.

Et puis Ingrid est revenue, sans prévenir. Chargée de cadeaux pour Raoul et moi. Visiblement heureuse, comme libérée d'un poids et gênée en même temps. A chaque question sur la préparation de son voyage au Sri Lanka, elle répond : « Je vous raconterai. » Et elle parle d'autre chose, de tout, de rien, avec une gaieté de façade, une indécision que je perçois quand elle se tait. Elle n'est plus la même qu'avant son séjour à Paris, mais je ne la retrouve pas pour autant : c'est une étrangère de plus qui dîne en face de nous. Le regard de Raoul, froidement, observe ses faux-fuyants, la juge et lui pardonne.

A la fin du dessert, quand il monte se coucher, elle me prend la main, l'appuie sur son front, me sourit comme si on se revoyait après des années, et elle éclate en sanglots contre moi. J'attends, ma main dans la sienne. Elle ne sait par quel bout renouer le fil entre nous. Soit elle a rompu avec « l'autre », soit elle est revenue faire ses adieux.

– Je ne peux pas encore t'en parler, dit-elle en se levant. Demain, d'accord ?

Et elle va dans la salle de bains se remaquiller avant de monter embrasser Raoul. J'ai tout mon temps, désormais. Le secret que son fils et moi partageons sans qu'il le sache efface toutes les blessures qu'elle m'a causées par ses silences.

Je regagne mon bureau et j'attends dans le canapé-lit. Si elle veut suspendre sa décision ou simplement se contredire, une nuit, c'est à elle de traverser la pelouse. Elle sait que je ne frapperai plus à sa porte, mais je dors encore moins bien depuis que j'ai repris confiance.

Cet après-midi, à six heures, Raoul me présentera César. Après le déjeuner, je l'ai vu glisser dans sa sacoche, entre la part de clafoutis et la crème hydratante, l'un de mes jeux. *Le Miroir de Blanche-Neige.* Il se joue à deux filles et une glace à double face : on lance le dé et on avance sur des cases numérotées, qui permettent d'enlever le morceau correspondant sur le visage de la méchante reine fixé contre le miroir. La joueuse qui dégage la première son reflet a gagné. Ce fut mon plus grand bide mais je l'aime bien, et ce n'est pas un hasard si Raoul l'a choisi.

– J'ai rencontré une fille chez Ludovic, elle jouait

toute seule avec le *Blanche-Neige* et j'ai dit que c'était mon père l'inventeur. C'est son préféré : elle aimerait bien te connaître. Elle va se promener dans la forêt, à six heures. Tu veux y aller ?

Et il m'a proposé un rendez-vous à la Croix-Saint-Jean, devant l'étang. Je lui ai demandé s'il venait avec moi.

– Non, non, je vous laisse. Je m'occupe des oiseaux avec Ingrid.

## 26

Je ne sais combien de temps j'aurais pu rester dans cette cabane de Martiens où un enfant m'a élu domicile. C'est à peine si j'ai encore la place de rentrer. Il m'a meublée comme une vraie courtisane : j'ai une table de bridge, une chaise de jardin, trois lampes à pétrole, des bougies à la citronnelle contre les moustiques, un réchaud à gaz, deux casseroles, des soupes en sachet, des barquettes sous vide qui se cuisinent au bain-marie, six kilos de pâtes, des confitures, quatre pots de Nescafé, du pain frais tous les jours et des rideaux scotchés à la fenêtre. Par Nicolas, je me suis fait apporter du linge, ma trousse de toilette et mes livres.

Un garde forestier vient d'entrer. Sourcils froncés, bouche pendante. Il dit que j'ai un sacré culot, que je squatte un lieu public. Je réponds qu'il est en déshérence. Le mot l'impressionne. Tant mieux, parce que je n'en connais que la sonorité, vieux souvenir des *Caves du Vatican*. Je trouve ce mot si beau, si musical que je n'ai jamais désiré en connaître le sens. Je me doute qu'il se rapporte davantage à l'héritage qu'à l'errance, et je pressens du sordide. Mais le fonctionnaire des forêts doit me prendre pour une juriste. Une avocate en congé qui fait du camping sauvage de luxe. Après s'être gratté sous le menton, il admet que je ne dérange personne, à condition de laisser l'entrée libre à qui de droit, mais il me met en garde contre des collègues à lui qui n'auraient pas ses notions. En fait de notions, je crois qu'il est mûr comme une datte, et je lui propose un doigt du porto que m'a offert Raoul dans sa gourde de cycliste. Il dit que ce n'est pas de refus, par ces chaleurs. Je sens qu'il s'installerait volontiers pour la sieste, mais les gamins d'un centre aéré en goguette sont en train de taguer l'herbe autour du ruisseau pour un jeu de piste, et le devoir l'appelle.

Si j'étais restée, j'aurais demandé à mon petit fournisseur un verrou pour la nuit. Mais c'est mon dernier jour de vacances. Cette parenthèse, cette amnésie, cette solitude aux petits soins, cette oasis de silence et de compréhension m'a fait tellement de bien, m'a donné un si grand recul. Entre ces quatre murs de rien, dans cette maison de poupée grandeur nature, j'ai repassé toute ma vie. Tantôt comme une leçon, tantôt comme une épreuve, tantôt comme une chemise. Et je suis prête à repartir.

Hier soir, le père de Raoul a tapé à la porte. Il m'a dit qu'il avait du courrier pour moi. J'étais déjà couchée dans le noir, à cause des moustiques qui apparemment raffolent de la citronnelle dans cette région. J'ai ouvert un peu à contrecœur, m'attendant aux mensonges de Fabien, à ses bonnes résolutions gribouillées en style télégraphique à l'attention de la censure qui lit ses lettres. Ou bien des factures, des formulaires à remplir, des conséquences de mon chômage ; un prétexte pour venir passer un moment avec moi. Je ne l'avais pas revu depuis que le petit nous avait ménagé ce rendez-vous galant au lieu-dit la Croix-Saint-Jean. Devinant qu'il nous observait, caché dans les fougères, nous avions fait semblant de nous rencontrer pour la première fois. Comment allez-vous, il fait beau, mon fils m'a dit que vous aimiez mon jeu, vous êtes ici en séjour, comment s'appelle cette fleur, je ne sais pas, j'aime beaucoup vos yeux, vous non plus vous n'êtes pas sans charme, c'est drôle la vie, les hasards, le destin, peut-être une existence antérieure, on croit qu'on arrive et en fait on revient, voulez-vous qu'on prenne un verre un jour ? Nous savions que la situation nous échappait : nous n'avions plus rien à nous dire sous les mots que Raoul nous forçait à prononcer ; désormais c'est lui qui fixait les règles du jeu. A quoi bon nous revoir sans lui ?

Ayant jugé que c'était suffisant pour un premier rendez-vous, nous nous étions embrassés sur les joues. Nicolas en avait profité pour me glisser à l'oreille que sa femme était revenue. Il n'avait pas développé l'information et je ne m'étais pas permis de le relancer. Et voilà qu'il était debout dans l'encadrement de la porte, une enveloppe rectangulaire à la main, avec une expression de trac et d'impatience que j'ai comprise en lisant l'en-tête. J'ai décacheté, les dents serrées, et j'ai lu la réponse du rectorat. Je me suis abattue contre lui en pleurant. Des larmes de bonheur, de détresse étouffée, d'écœurement contenu, de refus d'abdiquer. Toutes mes années de rêve et d'attente et d'espoir sans fondement remontaient contre ce corps d'homme qui ne m'avait jamais touchée. Il m'a demandé, simplement, pour vérifier le sens de mes larmes :

– Ils ont contourné l'embargo ?

J'ai hoché la tête.

Il me reste une chose à faire.

La propriété est dix fois plus belle que ce qu'il m'a laissée imaginer. Une grille en dentelle de rouille, sans serrure, une allée de tilleuls, trois corps de ferme entourant une ancienne chapelle transformée en pigeonnier. Un garage couvert de lierre avec une verrière à l'étage. Et des oiseaux partout, une volière ouvragée, des nichoirs dans tous les arbres, des blocs de graisse ficelés aux branches, tournoyant sous le vent ; une impression de légèreté fébrile et de sérénité. Le poids des siècles en pierres sous des nuages de plumes.

Elle est dans son laboratoire, une sorte de serre en fer forgé où des oiseaux entrent et sortent par les lucarnes entrouvertes. Elle aussi est plus belle qu'il ne le laissait entendre. Une concentration calme sur le visage, une élégance précise dans les gestes, les lèvres minces, des cheveux blonds relevés par un peigne, une blouse vert pâle ouverte sur un tee-shirt et les seins que je rêvais d'avoir à quinze ans. Elle compte et note sur un carnet les coups de bec nerveux qu'un petit corbeau donne aux dessins qu'elle lui soumet. A intervalles réguliers, elle pousse une tirette qui fait tomber une graine. D'autres corbeaux, sur des perchoirs derrière elle, semblent assister au spectacle ou attendre leur tour.

Elle relève la tête, croise mon regard. Je lui dis bonjour. Les oiseaux s'envolent, évacuent la serre. Elle soupire, ôte ses gants, me fait signe d'entrer. Je longe le bâtiment, pousse la porte constellée de fientes et de bouts de scotch recouvrant les trous dans les vitres.

– Vous désirez ?

– Je suis la personne que connaît votre mari.

Elle me regarde en face, frottant ses doigts sous un robinet. Un temps infini s'écoule avant que le filet d'eau ne se tarisse. Alors elle s'approche de moi, essuie ses mains sur sa blouse et me dit :

– Ah.

Les mots se dérobent dans ma tête, s'envolent comme ses oiseaux, dispersés par cette réaction neutre. Elle sourit, me montre une chaise, s'assied en face. Elle pose les coudes sur ses genoux, me dévisage, me dit que c'est bien. Elle a l'air d'attendre des détails. Une violence soudaine monte à ma bouche :

– Non, ce n'est pas bien ! Il est venu vers moi pour essayer de vous comprendre, c'est tout ! Il ne s'est rien passé entre nous, à part vous. Il ignore ma démarche. Je sais qu'il accompagne Raoul chez le dentiste, cet après-midi, et j'en ai profité. Je vais sortir de sa vie, disparaître, mais avant, je voudrais... je voudrais savoir...

Elle m'arrête d'une main levée, lentement, avec douceur ; un des gestes qu'elle avait pour le corbeau tout à l'heure. Ses yeux se voilent mais son sourire demeure fixe.

– Vous le connaissez depuis quand ?

– Depuis que vous ne voulez plus de lui. Je le regardais, il venait faire ses courses comme on va jouer au casino, pour tenter le hasard, tuer le temps, s'imaginer qu'on est un autre...

– C'était vous, la grande surface ? D'accord.

Elle a l'air contente. Fixée. J'ai envie de la gifler pour qu'elle perde son calme, qu'elle ait un peu honte, au moins !

– C'est gentil d'être venue.

– Gentil ? Mais il est en train de crever, votre mari ! On ne traite pas ainsi un homme qui vous aime, on ne le jette pas en lui disant d'attendre, on ne lui laisse pas un espoir comme un os à ronger, on ne le pousse pas dans les bras d'une autre pour se sentir moins coupable, on ne revient pas quand on l'a quitté, ou alors on s'explique ! Il ne sait même pas si vous avez un amant ou s'il est seul en cause, il ne sait même plus qui vous êtes... Que vous ne teniez plus à lui ou que vous l'aimiez encore, arrêtez de lui mentir !

Elle me regarde reprendre mon souffle. Elle avale sa salive, ponctue ma diatribe d'un mouvement de sourcils, en rajustant le col de sa blouse.

– Bien. Vous voulez me dire encore autre chose, ou vous me permettez de vous répondre ?

Je hausse les épaules, incapable de trouver une réaction plus sincère.

– Essayez de ne pas m'interrompre, s'il vous plaît ; c'est la première fois que je vais essayer de mettre des mots sur ce qui m'arrive. Pardon pour la brutalité, le manque de tact ou je ne sais quoi, et merci pour... Enfin, pour les raisons qui vous amènent ici. Je ne vous ai même pas demandé votre nom.

Comme je me tais, le regard en attente, elle prend sa respiration et se lance :

– Je comprends vos reproches, et je les partage, croyez-moi. Je sais bien que Nicolas vit un enfer depuis début juillet. Moi, ça a commencé fin juin. Visite de routine, un kyste à la palpation, je me laisse faire une ponction... Et je me retrouve huit jours après dans un bureau devant une inconnue qui me dit asseyez-vous, bonjour, vous avez un cancer du sein très avancé, tumeur importante, aucun doute à la ponction : on opère dans la semaine et sans garantie, en priant Dieu pour les métastases. Et elle se flattait, en plus : vous voyez, je ne vous cache rien. J'ai voulu discuter, attendre, demander, je ne sais pas, un sursis, des précisions, un autre avis... Elle m'a attaquée en disant que j'avais beaucoup trop attendu, négligé mes contrôles et qu'elle avait lu ma fiche, c'était ma faute : si j'avais allaité mon bébé comme toute mère responsable, je n'en serais pas là. Sous-entendu : on refuse les seins à son enfant pour les garder beaux pour son mec, on augmente les risques et on a ce qu'on mérite. Et moi je ressors toute seule dans la rue, avec espérance de vie zéro, je me dis : je fais quoi ? Je me laisse ouvrir, mutiler, irradier, détruire de mon plein gré alors qu'on ne me laisse aucune illusion, je l'ai bien compris, ou je me jette sous un bus, là, tout de suite ? Nicolas avait emmené Raoul huit jours à Disneyworld ; j'avais pris le rendez-vous exprès. Je suis entrée dans un café, je me suis tapé trois cognacs et je me suis dit : OK. On fait face. On se bat. On reprend le dessus. Facile, mademoiselle. Facile, à Paris, en plein été. Vous savez ce que c'est, un service de chirurgie au mois de juillet ? Quand vous vous demandez si ce sont les mauvais qui sont à la plage, ou si vous devez attendre le mois d'août. J'ai lutté, repoussé, annulé trois dates en me faisant traiter d'irresponsable. Et puis j'ai cédé. Autant en finir. J'étais sûre qu'elle ne m'avait pas dit toute la vérité. Pour avoir été si dure avec moi, si odieuse, c'est qu'elle savait que j'étais foutue, et elle avait tenté un électrochoc pour me donner une dernière chance. Pour que je mobilise toutes les forces en moi, les anticorps, l'envie de vivre... Voilà à quoi j'étais arrivée, comme conclusion, pour excuser humainement une diplômée de la faculté de médecine, lui trouver des raisons, lui rendre justice. J'ai réservé une autre date, après mon anniversaire, et mes hommes sont rentrés. Tout contents, tout bronzés. Que vouliez-vous que je fasse ? Une communication à la fin du repas ? Que je dise la vérité à Nicolas pour épargner Raoul ? Que je prépare Raoul pour laisser sa liberté à Nicolas, si jamais il voulait refaire sa vie après m'avoir perdue, rendre mon fils à sa famille biologique ? J'ai choisi le silence. J'ai choisi le mensonge. J'ai choisi l'électrochoc, moi aussi, pour l'homme que j'aime. Je voulais qu'il réagisse contre certaines choses, certaines mollesses, certaines complaisances envers lui-même... Je voulais qu'il s'inquiète, mais pas pour moi. Pour lui. Qu'il se croie en danger, qu'il veuille me reconquérir. C'est-à-dire se reprendre en main. C'était un cadeau d'adieu que je lui faisais. Si le pire m'arrivait. Et le cadeau, c'était lui.

Elle s'est appuyée contre son dossier, a étendu la main vers la bouteille d'eau, a bu une gorgée. Deux oiseaux sont entrés derrière moi, ont volé un instant, battu des ailes au-dessus des établis recouverts de graphiques, de dessins, de jeux de cartes. Ils sont repartis.

– Le reste, je veux dire les mots d'amour, les explications, les dispositions, les consignes, le mode d'emploi de ma mort, je l'ai fait par écrit. Deux longues lettres à chacun, que j'ai déchirées en sortant de la clinique, après l'opération. Je n'avais rien. Aucune métastase. J'ai refusé d'y croire jusqu'à mardi, jusqu'aux résultats du kyste qu'ils ont découpé en rondelles pour analyser chaque millimètre carré. Et voilà, je les ai. Adénofibrome. Bénin. Ils n'ont même pas crié au miracle. Ni admis l'erreur du labo sur la ponction. Ils m'ont dit comme ça, en toute franchise, en toute sérénité, pas gênés : vous savez, on ne peut jamais vraiment savoir, avant d'avoir ouvert. Voilà, madame, vous êtes libre. Au plaisir et bonnes vacances.

Elle se lève, va délivrer une hirondelle qui s'est entortillée dans une sorte de filet de pêche semé de boules colorées. Je risque :

– Et si le cancer avait été là... et que vous l'ayez fait partir toute seule ?

– C'est ce que j'ai demandé aux médecins. Ils m'ont dit que ça n'était pas possible.

– Tant pis pour eux.

Elle se retourne vers moi, me regarde avec un vrai sourire, comme si nous étions passées par la même épreuve. Elle serre mon poignet tandis que son visage se contracte à nouveau :

– Et depuis mardi, me direz-vous ? J'ai raconté, j'ai rassuré, j'ai réparé les pots cassés, j'ai donné la bonne nouvelle à Nicolas, en lui apprenant du coup la mauvaise que je lui avais dissimulée ? Non. Je n'ai rien dit, je n'ai pas pu. Je ne sais pas ce qui s'est passé entre eux pendant mon absence, mais... Le miracle c'est de les voir à nouveau heureux, tout le temps à comploter, à se marrer de je ne sais quoi lorsque j'ai le dos tourné... Le miracle c'est que la vie continue, que je sois là, que j'aie survécu à mon cadeau d'adieu, qu'ils soient prêts à me reprendre, à me pardonner, à... Et moi je suis nulle, je me tais, je souris, je pleure, je fais semblant... Je n'ai plus rien à cacher et c'est plus fort que moi : ça ne sort pas.

Je me lève à mon tour. Je lui dis que son mari a compris le sens du cadeau. Et que maintenant il suffit de lui expliquer pourquoi ce n'est plus un adieu.

– C'est aussi simple que ça, vous croyez ?

– Franchement, madame, vous risquez *quoi* ?

Elle me prend les mains, les balance d'une drôle de façon, de droite à gauche.

– Je sais, mais... C'est la première phrase qui coûte. Celle qui va tout faire basculer...

– Changez de première phrase. Dites : « Chéri, je voudrais qu'on aille casser la gueule à une femme à Paris. » La suite viendra toute seule.

Et je lui souris. Pas le sourire standard de l'hypermarché ; le sourire que son fils m'a rendu, mon sourire de baignoire sous les bombardements quand je passais les alertes à rajouter de l'eau chaude en lisant Gide pour conjurer la guerre, ce sourire qui chasse les peurs, les remords et les drames, qui réenchante le monde et détourne le malheur vers les méchants et les tristes. Mon sourire de fée. Mais elle s'assombrit, baisse les yeux.

– Vous ne comprenez pas, mademoiselle. Rien n'est plus comme avant...

Alors ma colère revient devant son obstination, son ingratitude, son dédain du bonheur. Depuis que Raoul m'a éduquée, je ne supporte plus qu'on me résiste, qu'on me refuse, qu'on nie mon existence ; je ne retomberai jamais plus amnésique, je ne laisserai plus mes pouvoirs disparaître et le désespoir me dissoudre parce que j'ai cessé de croire en moi.

– Mais qu'est-ce qui a changé ? Qu'est-ce qui vous empêche, qu'est-ce qui vous gêne ? La cicatrice ? Mais regardez mes joues ! Vous lui faites si peu confiance, vous croyez qu'il s'arrête à ce genre de choses, vous préférez le quitter habillée sans rien dire pour ne pas abîmer votre image ? C'est la peur de sa réaction ou c'est de la vanité ? C'est de la honte ou c'est de l'égoïsme ?

– Ça n'a rien à voir.

– Et c'est une raison pour le perdre, après tout ce que vous avez fait pour qu'il se retrouve ?

– Justement ! Je ne veux pas qu'il redevienne comme avant. Je ne veux pas donner *une* explication qui remplacerait toutes les autres, qui annulerait toutes les questions qu'il s'est posées, qui effacerait tous les visages qu'il a montrés, qui fermerait tous les chemins qu'il a pris pour essayer de me comprendre. Je ne veux pas être *guérie*, pour lui ! Je ne veux pas être une miraculée qui jouirait de la vie les yeux fermés en disant merci, profitons de l'instant et passons sur le reste. Je ne veux pas être une survivante qui revient de loin pour aller nulle part. Je ne veux pas reprendre la même route qui nous ramènerait aux mêmes problèmes : le vieillissement de mon corps, mon envie d'être seule, de casser mon confort, d'aller au bout de mes rêves, de lui rendre sa liberté... Je suis tombée complètement amoureuse de l'homme qu'il est devenu depuis que je le fais souffrir. C'est *lui* que je voudrais garder. Même si de nouveau on est heureux ensemble. Vous me trouvez ridicule ?

– Je ne sais pas. Je ne l'ai pas connu avant.

Elle me regarde en dessous, un ongle entre les dents, une mèche en bataille devant son nez, avec cette gentillesse butée qui m'attendrit tellement chez Raoul.

– Je ne veux pas le « récupérer », mademoiselle. Je ne veux pas qu'il vous sacrifie, qu'il reste avec moi parce que j'étais malade et que je ne le suis plus mais que ça peut revenir...

– Ne vous inquiétez pas. On s'est croisés au pire

moment de nos vies, on s'est arrêtés, on s'est compris, on s'est aidés ; maintenant chacun reprend sa route.

– Vous êtes sûre ?

Je hoche la tête. Ce soir ou demain, il lui montrera le billet qu'il vient de s'acheter pour la suivre au Sri Lanka. Mais je m'en voudrais de gâcher la surprise. Alors je lui raconte la Sorbonne, ma bourse d'études, mon déménagement la semaine prochaine, la chambre gothique aux vitraux bleu et rouge, à la Cité universitaire, qui donne sur les arbres du parc Montsouris ; ce Paris de mes rêves qui s'est enfin décidé à exister.

– Je peux vous demander quelque chose ?

– Bien sûr, Ingrid.

– Si pour telle ou telle raison, un jour, il vient frapper à votre porte... vous lui ouvrirez ?

– C'est une question ou un vœu ?

– C'est un vœu.

– Alors c'est oui.

Elle a injurié l'oiseau perché sur une poutrelle au-dessus de moi, et m'a emmenée dans la maison pour nettoyer mon blouson. Pendant qu'il séchait, elle a sorti du réfrigérateur une bouteille de champagne. Je l'ai reconnue à son code-barres. C'était sans doute moi qui l'avais passée en caisse, un jour de détresse mutuelle, sous le regard de Nicolas.

C'était la même qu'il avait débouchée pour moi le premier jour, dans la cabane. Je me sentais triste, tout à coup. Un peu seule. Et il ne fallait pas que je m'attache, une fois de plus, une fois de trop.

– A la vie !

J'ai sursauté. Elle me tendait sa flûte pour trinquer. J'ai dit :

– A la vie, pardon

# 27

Finalement, le dentiste ne lui a pas fait mal. Il rayonne, échevelé par le vent, oublie de fermer la bouche et tousse, crache un moucheron, me rassure d'un clin d'œil. C'est la première fois qu'Ingrid l'autorise à monter dans la Triumph, dépourvue de ceintures et de places arrière. On n'en est pas revenus ; on a filé très vite, comme des voleurs. Elle paraît si différente, depuis son retour de Paris, si délivrée des petites peurs ordinaires qui faisaient d'elle, parfois, une femme normale.

A la sortie du village, on croise le scooter. Je serre les mâchoires en redoutant la réaction de Raoul. Mais il ne bronche pas. Elle ralentit à peine. Elle n'a pas son casque. Elle lève une main, nous fait un signe arrondi en joignant le pouce et l'index. Nous lui répondons en même temps, d'un geste identique. Puis Raoul se dévisse le cou pour la suivre des yeux, me dévisage en souriant, très satisfait, la regarde à nouveau, revient vers moi avec une lueur de malice. Je lui rends son sourire, lui demande sur un ton où l'incompréhension bascule déjà dans la complicité :

– Quoi ?

Il répond, avec sous la jubilation un petit air de mystère :

– J'ai pris zéro virgule cinq centimètres, en huit jours.

Je freine d'un coup en plissant les yeux de bonheur, j'hésite entre l'enthousiasme et la solennité, cherche ce qui lui ferait le plus plaisir. Je laisse tomber, impressionné, en lui serrant la main :

– Félicitations, bonhomme.

– Je n'y suis pour rien, répond-il avec fierté.

Il se retourne, se lève, s'accroche au dossier pour regarder disparaître, dans le virage de l'école, la jeune fille qu'il a choisie pour moi. Alors il pousse un long soupir, curieusement nostalgique, redescend les yeux vers moi et demande, la main sur mon épaule, avec les intonations d'un homme dans sa voix d'enfant :

– Quand je serai grand, tu me la prêteras ?

*La composition de cet ouvrage*
*a été réalisée par*
*I.G.S. - Charente Photogravure à l'Isle-d'Espagnac,*
*l'impression a été effectuée*
*sur presse Cameron dans les ateliers de*
***Bussière Camedan Imprimeries***
*à Saint-Amand-Montrond (Cher),*

Edition exclusivement réservée
aux adhérents du Club
Le Grand Livre du Mois
15 rue des Sablons
75116 Paris
réalisée avec l'autorisation des éditions Albin Michel

*Achevé d'imprimer en mai 2000.*
*N° d'impression : 002681/4.*
*Dépôt légal : mai 2000.*